10660796

Les 35 doigts d'un démon, tome 2
La fin © Éric Quesnel 2020
Tous droits réservés

Avertissement

Tous droits de traduction et d'adaptation réservés ; toute reproduction d'un extrait quelconque de ce roman par quelque procédé que ce soit, et notamment par photocopie, microfilm ou numérisation est strictement interdite sans l'autorisation écrite de l'auteur. La reproduction sans autorisation de cette publication sera considérée comme une violation du droit d'auteur.

Merci de respecter les droits d'auteur et de ne pas diffuser.

Les 35 doigts d'un démon

La fin

Éric Quesnel

Précédemment

À peine levé, le géant maintint le dos droit durant quelques secondes. Catherine figea sur sa chaise. Elle ne voulait pas regarder, mais comment ne pas le faire puisque c'était devant elle, à peine à un demi-mètre. Le géant montrait volontairement, par sa posture, son érection. Une érection bien visible sous son pantalon de toile. Le dégoût fut encore plus grand quand il avança légèrement vers elle pour s'appuyer sur la table afin d'humer le parfum de ses cheveux. Le membre était si près de son visage ! Il avait la grosseur et la longueur de son avant-bras à elle. Elle avait beau souhaiter s'éloigner, reculer, mais son corps ne répondait pas. Elle ne subissait rien de moins qu'une agression sexuelle de la part du démon sans même qu'il ne la touche. Seul son regard se tourna vers Anton. Ce dernier vit la peur dans les yeux de Catherine et il intervint :

— Ça suffit, Roméo, recule maintenant, dit-il en décrochant le bâton de son ceinturon. Les deux autres imitant son geste.

Le géant ne lui prêta guère attention. Il humait les cheveux de Catherine, le nez collé sur l'oreille de l'enquêtrice. Elle sentait le souffle chaud sur son oreille et dans son cou. Plus chaud qu'un souffle habituel. Comme s'il provenait directement de l'enfer. Le téléphone se mit à vibrer sur le coin de la table et Catherine lâcha le regard d'Anton pour regarder son téléphone. C'était Philippe, son sauveur.

— Je dois répondre, dit-elle en cachant mal sa nervosité dans sa voix. Toc, toc, toc.

— Qui est la jolie demoiselle qui se rince l'œil pendant que je respire son corps ? chuchota-t-il.

— Celle qui doit absolument prendre l'appel.

Les gardiens commencèrent à avancer vers Catherine et le monstre, mais ce dernier recula en levant les mains. Anton lança un avertissement à Roméo.

— Calme-toi, Roméo. Dernier avertissement. Garde ton

calme, assieds-toi et ne t'approche plus d'elle, c'est compris ?

Roméo tourna lentement sa tête tout en baissant les bras et en reprenant place sur la chaise. Il regardait Anton avec du feu dans les yeux. Ce dernier avala sa salive, intimidé par le regard du tueur. Catherine, troublée, replaça ses cheveux, avant de prendre le téléphone :

— Oui !

— Catherine, il faut que je te parle.

— Pas maintenant, je suis occupée.

— Écoute, je sais que tu es avec lui, mais c'est extrêmement important. Il faut que tu m'écoutes.

— Je t'écoute, dit-elle en sentant les yeux de Roméo sur elle tandis qu'elle regardait les vigiles reprendre leur place.

— J'ai reçu un appel de Rachel du labo et je ne comprends pas encore ce qui se passe, mais elle me confirme bel et bien que certains cheveux retrouvés dans le bunker, sur le lit, concordent avec l'une des mains non identifiées et avec les prélèvements faits sur la mère de Louise Leduc. Louise Leduc est donc bel et bien l'une des deux Jane Do. Cependant, le corps démembré n'est pas celui de Louise.

Le démon la scrutait. Elle était toujours ébranlée suite à l'épisode qui venait de se produire. Elle sentait presque

7

encore le souffle dans son cou et sur son oreille. Il la regardait directement dans les yeux et elle se sentait observée.

— Continue.

— Je sais que tu ne peux pas parler, mais attends. Le corps retrouvé n'est pas celui de l'une des sept femmes portées disparues.

Le cœur de Catherine battait la chamade. Il devait bien sentir son anxiété. Elle avait l'impression que ce monstre pouvait lire les gens comme s'il avait en lui un capteur d'émotions. Elle décida de détourner l'attention de la brute en plaçant sa main sur la table et en flattant le dessus du dossier qu'elle y avait placé à son arrivée. Ça fonctionnait. Pendant ce temps, Philippe continuait son explication.

— Le squelette, on sait de qui il s'agit, car Rachel a repéré sur les os des fractures antérieures au meurtre et a fait une recherche dans les archives médicales. Il s'agit de la femme de Roméo Baribeau et la mort remonterait au début des années 90.

— Impossible, dit Catherine qui tentait de se contenir, le regard planté sur sa main qu'elle baladait en caressant le dossier.

— C'est ce que je me suis dit. Si le squelette retrouvé est

celui de sa femme, qui était dans ce foutu congélateur chez lui ? Elle ne correspond en rien à l'une des sept mains retrouvées et surtout, elle avait ses deux mains.

— Je te rappelle.

Elle stoppa le mouvement de sa main et reposa le téléphone sur le document. Elle fixa son interlocuteur durant de longues secondes en oubliant sa peur. Lui la regardait avec un sourire de conquérant. Elle ne pouvait plus continuer l'entrevue. Les affirmations de Philippe chamboulaient la série de questions qu'elle avait préparée et face au démon, il était hors de question d'improviser, car elle ne gagnerait pas contre lui à ce jeu.

— Toc, toc, toc.

— Qui est là, main du paradis ?

— Celle qui va devoir partir pour répondre à une urgence.

— Quel dommage. Vous savez, Catherine, je trouve bizarre que le gardien, ce gentil Anton, m'ait demandé de me calmer, car la seule personne qui est calme ici en ce moment, c'est moi. Les gardiens sont sur le point d'exploser à tout moment tellement ils chient dans leur froc de peur que je m'énerve, mais la nervosité, ma jolie, c'est chez vous que je la sens le plus en ce moment. Je la sentais avant l'appel et maintenant, malgré votre tentative de diversion avec votre main et vos cheveux teints, je vois bien que ce coup de fil vous a troublée, est-ce que je me trompe ?

Catherine décida de jouer franc jeu.

— Non, vous ne vous trompez pas, je suis nerveuse.

— Et vous faites bien de l'être car, voyez-vous, je pourrais me lever maintenant sans embûche à cause d'un règlement stupide qui vous empêche de me menotter, car c'est un hôpital psychiatrique et non une prison. Je pourrais donc me lever comme ça et entreprendre de briser le cou des trois gardiens sans trop de difficulté, puisque je sais que vous n'êtes pas venue armée, n'est-ce pas ? Ensuite, je m'approcherais de vous et nul besoin de ma hache. Je pourrais, sans forcer le moins du monde, tordre votre poignet en le tournant sans cesse jusqu'à ce que votre main se détache de votre corps. À ce moment, je reprendrais ma place sur ma chaise et je placerais la paume et les doigts de votre main arrachée bien autour de ma queue pour entreprendre de me masturber. Mais je ne le ferai pas. Vous savez pourquoi ?

— Vous allez me le dire, je présume ?

— Je ne le ferai pas parce que, contrairement à votre collègue de l'époque, vous n'avez commis aucune erreur.

Donc, si je m'attaque à vous, je serai accusé au criminel et ça risque de me causer des ennuis. Dans quelques années au maximum, je pourrai sortir d'ici en homme libre et à ce moment-là nous prendrons rendez-vous ensemble, nous aurons tout notre temps et surtout, aucun gardien pour jouer les chaperons.

Catherine soutint le regard de celui qui parvenait à entrer dans sa tête, dans son esprit. Elle remit le dossier dans sa mallette à ses pieds et son téléphone dans la poche de chemise.

— Il faut que je parte.

Elle se leva et tourna le dos à Roméo qui ne lui regarda même pas les fesses. Ce n'était pas ce qui l'intéressait chez une femme. Catherine avait mille questions en tête sur ce que Philippe lui avait annoncé au téléphone. Elle était secouée par ce qu'elle venait de vivre et aussi frustrée de repartir sans avoir posé de questions à ce pervers. Il lui vint subitement l'idée de lui faire face et d'aller droit au but. Elle se retourna alors que Roméo s'était levé à son tour et que les gardiens, un peu secoués eux aussi, se préparaient à l'escorter hors de la salle. Elle s'approcha et plus elle s'approchait, plus elle devait lever la tête pour continuer de le regarder dans les yeux.

— Toc, toc, toc.

— Qui est là, main du paradis ?

— Celle qui a une question qui lui brûle les lèvres.

Elle le défiait maintenant d'un regard assuré, ce qui fit sourire Roméo Baribeau.

— Vous m'avez permis de vous caresser la main. Vous m'avez permis de humer vos cheveux et votre cou que j'aurais pu briser en moins de deux, là, maintenant. Je suis un homme de parole et j'ai dit que je répondrais alors allez-y, posez votre question.

Le cœur de Catherine battait à tout rompre. Elle sentait la sueur couler sur son dos, sous son chemisier.

— Pouvez-vous me dire, Roméo, ce que vous avez fait des corps après avoir tué et démembré ces pauvres femmes ?

Il regarda en l'air et fronça légèrement les sourcils tout en se frottant le menton dans sa barbe, en évidente réflexion, avant de répondre :

— Il y a quelques années, Catherine, une autre personne est venue me voir. L'enquêteur Pinard, vous le savez. Il m'a posé exactement la même question avant que je n'attente à sa vie. Je lui ai répondu non et pour vous, ce sera la même réponse. Non.

Catherine sentit qu'elle venait d'échouer. Elle avait joué le tout pour le tout, mais elle repartirait bredouille. Pourtant, contre toute attente, Roméo regarda Catherine et lui fit signe avec sa main comme s'il lui demandait de se rapprocher.

— Je ne m'approche pas de vous, ne comptez pas là-dessus. Dans vos rêves.

Roméo leva les yeux au ciel, exaspéré qu'elle n'ait pas compris et il cogna trois coups sur la table avec son poing, lentement, tout en regardant Catherine.

— Vous voulez me parler, c'est ce que vous me dites ? lui demanda Catherine.

Le géant ne répondit pas à la question.

— Toc, toc, toc.

— Qui est là, Catherine ?

— Celle qui écoute ce que vous avez à lui dire.

— Ce que j'ai à vous dire, c'est que votre collègue, tout comme vous, avez posé la bonne question, mais vous n'avez pas écouté ce que je vous ai répondu.

Catherine ne comprenait pas l'allusion et l'interrogation se lisait dans ses yeux. Elle se rappelait les mots : « Pouvez-vous… Pouvez-vous nous dire ce que vous avez fait des corps ? »

— Ce n'est pas que vous ne voulez pas nous dire ce que vous avez fait des corps, mais vous ne pouvez pas… ?

— On s'approche, Catherine, allez… Continuez de réfléchir, je vous attends et ma réponse est prête à être entendue.

La panique s'empara soudainement de l'enquêtrice. Elle crut comprendre où il voulait en venir.

— Vous ne pouvez pas parce que ce n'est pas vous qui les avez tuées, mais quelqu'un d'autre.

Elle en était venue à cette conclusion à cause du plan désignant le bunker. S'il y avait un plan, c'était forcément pour indiquer à une autre personne qui ne savait pas où il était. Un complice donc.

Le géant se passa la main au visage et soupira en secouant la tête en signe de négation.

— Vous me décevez un peu, je dois dire, mais je comprends, vous êtes nerveuse après ce que vous venez de vivre, mais calmez-vous et réfléchissez.

Catherine prit une grande inspiration avant de sentir ses jambes qui faiblissaient. La chaleur intense à l'intérieur d'elle faisait en sorte qu'elle se sentait sur le point de défaillir.

Anton s'en rendit compte.

— Madame, vous allez bien ?

Les larmes montèrent aux yeux de Catherine pendant qu'elle faisait un timide non de la tête. Ses larmes coulaient sur chacune de ses joues. Elle posa de nouveau son regard sur celui du démon. La bouche entrouverte et tout son être abasourdi.

— Toc, toc, toc.

— Qui est là ? La porte est grande ouverte ma belle, entre, je t'en prie. Je sens que ce que tu vas dire va secouer beaucoup de gens.

La voix tremblante, sous le choc, Catherine affirma ce qui était devenu pour elle, en moins de deux secondes, une évidence.

— Vous ne pouvez pas me dire à moi, ni à qui que ce soit où sont les cadavres de ces femmes et comment vous vous en êtes débarrassé parce que… parce qu'elles sont toujours en vie !

— Voilà, main du paradis. Tu as tout compris.

Réflexions

Quand je songeais à ce moment où j'avais compris et qu'il avait confirmé ma pensée, j'avais les jambes molles, la gorge nouée et du mal à respirer. Disait-il vrai ? J'avais la conviction que oui. Son rictus et son air jouissif me laissaient espérer que ces femmes étaient bel et bien en vie. Merde ! Juste en y repensant, j'en avais encore la chair de poule. Je n'étais pas préparée à un tel choc. Je l'avais longuement regardé dans les yeux. La peur n'y était plus, mais il devait deviner mon étonnement. J'imaginais déjà le branle-bas de combat qui allait suivre et cette idée était entremêlée des soubresauts de ce que je venais de vivre. J'étais encore troublée de ma rencontre avec le démon. Plus tard, je devrais le croiser de nouveau, et ce, plutôt deux fois qu'une. Plusieurs questions me martelaient l'esprit : qui était la femme du congélateur si celle dans le bunker était la véritable madame Baribeau ? Qui était la Jane Do numéro deux ? Et surtout... où étaient les disparues ?

Parfois, quand on est sous le choc, le subconscient prend la relève. J'avais littéralement fonctionné en mode automatique pendant les dix minutes qui avaient suivi, avant de retrouver un semblant de calme. Une fois ressaisie, j'avais pris mes jambes à mon cou et couru jusqu'à mon véhicule. Avec le corps que nous avions découvert et les paroles que je venais d'entendre de la bouche de Baribeau, qui me donnait la preuve que la femme dans le congélateur n'était pas la sienne, je pouvais procéder à son arrestation pour une nouvelle accusation de meurtre. J'avais appelé les renforts. Quatre voitures de patrouille et huit policiers étaient arrivés. J'étais retournée à l'intérieur pour lui lire ses droits et l'embarquer dans un fourgon. Un véhicule de police aurait été trop petit pour le géant et surtout, trop dangereux pour les deux agents assis à l'avant. Le panier à salade, comme on l'appelle dans le jargon policier, était plus approprié. Je continuais à penser que s'il avait su, ce jour-là, que nous avions découvert la maison et le bunker, ainsi que le corps de sa femme, il m'aurait peut-être tuée. Maintenant que Baribeau était en route vers la prison, je devais recouvrer mes esprits et me recentrer sur l'enquête qui venait de prendre une tout autre tournure. Enquête qui allait me mener à l'interrogatoire le plus troublant de ma carrière.

Le corps du congélateur

Le véhicule de Catherine était spacieux, mais elle avait l'impression d'étouffer. Jamais elle n'avait éprouvé cette sensation. Elle se rappelait son retour auprès de Baribeau.

— Roméo Baribeau, vous êtes en état d'arrestation pour meurtre.

Elle avait énoncé ses droits à celui qui regardait autour de lui pour analyser le risque de s'en prendre à elle, là, à ce moment précis. Elle ouvrit toutes les fenêtres du véhicule et appela Philippe pour lui annoncer la nouvelle :

— Elles sont encore en vie !

Pendant que Philippe se remettait de ses émotions au bout du fil, Catherine s'aperçut momentanément qu'elle ne savait plus où elle se trouvait. Son subconscient avait conduit sa voiture pour elle. C'est en voyant le salon de quilles avec son immense affiche datant des années 1970 qu'elle avait refait sa trajectoire dans sa tête. Elle était plus affectée qu'elle ne le croyait par ce qu'elle venait de vivre. Elle se trouvait littéralement en état de choc et devait de se ressaisir pour récupérer toutes ses facultés. Toutefois, c'était plus facile à dire qu'à faire. D'ailleurs, Philippe se rendit compte à sa voix qu'un truc clochait :

— Catherine, ça va ?

Ça n'allait pas. Catherine ressentit des haut-le-cœur.

— Je me sens bizarre.

Elle avait à peine eu le temps de se ranger sur le bas-côté et d'ouvrir la portière, après avoir détaché sa ceinture de sécurité, qu'elle dégobillait sur le pavé à deux reprises.

— Désolée, Philippe.

— T'inquiète, j'ai connu ça. Respire. Prends le temps qu'il faut et je te rejoins au bureau. Il a été ramené en cellule ?

— Oui, dans un fourgon cellulaire.

— OK, on se retrouve au poste.

Catherine appuya son front sur le volant qu'elle tenait à deux mains. Elle ramena ses cheveux et les attacha avec un élastique qu'elle avait pris dans un petit compartiment, près du porte-gobelet. Elle n'avait ni eau ni café. Encore moins sa brosse à dents. D'abord, elle respira profondément à plusieurs reprises pour pouvoir reprendre la route ensuite et chercher une pharmacie. Lorsqu'elle arriva à son bureau, Philippe s'y trouvait déjà.

— Je me suis permis de commencer le boulot dans ton bureau pour établir une liste de ce que nous avons à faire. Elle n'est que suggestive selon ce que tu y apporteras à ton tour. Ne te gêne pas pour corriger. Tu vas mieux ?

Elle se remercia d'avoir sorti Philippe de sa retraite forcée. Cet homme était un précieux atout.

— Oui, un peu mieux. Cet homme…

— Relaxe et regarde la liste. Je vais nous chercher un breuvage réconfortant. Ne pense plus à lui pour le moment.

— Merci, Philippe.

Elle posa la liste devant elle. *Bon sang, que Philippe écrit mal*, se dit-elle, un sourire en coin. En gros, la liste se résumait à quelques points majeurs.

1. Où étaient les disparues et à quoi pourraient-elles ressembler aujourd'hui ?
2. Qui était la femme dans le congélateur ?
3. Possible complice ?
4. Fouiller le passé de Baribeau ?
5. Réviser les éléments de la perquisition chez lui.
6. La gestion journalistique.
7. Vérifier les rapports d'analyse de la voiture du démon.

Catherine consulta sa liste de contacts. Elle appuya sur le prénom Rachel. Philippe arriva en même temps et elle lui fit un signe d'approbation en levant le pouce et en pointant ensuite de l'index la liste préparée par son collègue.

— Bonjour Rachel, c'est Catherine des affaires non résolues.

— Bonjour, Catherine. Ça va ?

— Ça peut aller, mais je suis un peu secouée. Philippe m'a transmis le message en lien avec la femme de Baribeau. Tu veux bien que l'on reprenne tout ça plus officiellement pour la consignation dans un rapport ? Cela ira sans doute à la Cour, car nous allons déposer de nouvelles accusations en lien avec le corps trouvé.

— Oui, je comprends.

— Alors je te laisse me raconter et, de toute façon, j'imagine que tu vas me faire parvenir ton rapport d'analyse. Je te mets sur haut-parleur. Philippe est avec moi.

— Bon, alors voilà ! Il y a plusieurs choses, dont l'une qui vient tout juste de tomber dans les résultats d'analyses. Je vous en reparle à la fin. Plusieurs prélèvements ont été faits. On avait là-bas, dans ce bunker, deux provenances de cheveux. Ils semblaient de même couleur, à première vue, ce qui aurait pu laisser croire à la même personne, mais ce n'était pas le cas. Certains ont été comparés à l'analyse ADN faite sur le corps de la mère de Louise Leduc lors de l'exhumation. La concordance est parfaite. Je peux vous certifier à cent pour cent que Louise Leduc a séjourné dans ce lieu. On peut renforcer cette idée grâce à l'une des deux mains non identifiées de votre dossier. Louise Leduc est donc, hors de tout doute, votre Jane Do numéro 1. Nous avons également une preuve de plus qui est la pièce identifiée du numéro 14. C'est le journal que l'on a déniché et qui relate les recherches pour retrouver Louise Leduc avec la mention *on parle de toi*. Ceci dit, en vous adressant à un expert en graphologie, il pourra comparer l'écriture sur le journal avec celle de

Baribeau, si vous réussissez à obtenir une pièce écrite de sa main.

— Rachel, nous pensons qu'il aurait probablement un complice. Cet écrit pourra sans doute nous être utile.

— D'accord. Alors voilà pour Louise Leduc, en partie. Pour ce qui est du squelette retrouvé, quelques cheveux étaient également rattachés au crâne. Sur ceux-ci, on avait un second ADN. Les choses se sont compliquées puisque cet ADN n'était pas dans notre banque de données judiciaires. Je me suis alors concentrée sur les ossements. La dentition ne m'a rien révélé, mais j'ai remarqué certaines blessures antérieures et sans lien avec le démembrement à la hache. À cet effet, je vous confirme que l'instrument utilisé par le tueur correspondrait parfaitement avec l'utilisation d'une hache. Des points sont marqués en un sens seulement. C'est-à-dire que s'il avait utilisé un couteau ou ce qu'on appelle une scie va-et-vient, on pourrait observer des stries de retour de la lame. S'il avait utilisé une scie à chaîne ou une scie ronde, nous verrions une strie multiple ou arrondie. La coupe sur les os serait plus droite et plus plate. Là, il y a clairement des points d'impact nets qui ont créé certains éclatements d'os. Si je peux me permettre de dire cela ainsi, la coupe n'était pas parfaite. Donc, comme je disais, il y avait des blessures plus anciennes et celles-ci m'ont permis de faire des recherches approfondies dans les fichiers médicaux. Fractures d'une hanche, de plusieurs côtes, du nez, du poignet droit ainsi que de la joue droite. Les chances que deux personnes aient les mêmes fractures aux mêmes endroits sont nulles. Ce n'est pas une empreinte digitale, mais c'est tout comme. Ces blessures sont reliées à la femme de Roméo Baribeau. Il n'y a aucun doute à ce sujet. Son dossier indiquait ces fractures subies à différentes périodes entre 1975 et 1990. Puis, plus rien. Une fracture de l'arcade sourcilière gauche, mais on ne l'a notée nulle part. D'ailleurs, on constate sur le crâne que c'est une blessure pour laquelle elle n'a jamais été soignée. Elle devait avoir une belle cicatrice, et même une bosse ou une cavité permanente depuis cette fracture. Ça m'amène à ce que le résultat de l'une des analyses vient de m'apprendre.

— Nous t'écoutons, dit l'enquêtrice.

— Un des prélèvements des matières retrouvées sur place révèle la présence de placenta. Impossible de déterminer pour laquelle des deux femmes, cependant.

— L'une d'elles aurait accouché ?

— Assurément ! Une des deux femmes a accouché à cet

endroit.

Il y eut un silence de quelques secondes. Personne ne voulait imaginer la détresse de donner naissance en ce lieu. Un bunker sale, humide et dans l'obscurité.

— Une dernière chose, Rachel. Avez-vous accès aux documents du médecin légiste qui s'est occupé du corps retrouvé dans le congélateur chez Baribeau ?

— Oui, je peux les retrouver en archives aisément.

— Est-ce que je peux vous demander un service à cet effet ?

— Vous voulez que j'y jette un œil ?

— Oui, j'aimerais bien que vous fassiez des recherches ADN, médicales et dentaires. Vérifiez si un détail quelconque dans le rapport d'autopsie nous serait utile selon votre vision des choses.

— Oui, je le ferai, mais ça risque d'être un peu long.

— Oui, je n'en doute pas. Prenez le temps voulu et nécessaire.

— Très bien, je vous recontacte quand j'aurai terminé.

— D'accord. Merci, Rachel.

— Il n'y a pas de quoi.

Catherine appuya pour fermer la ligne et clore la

discussion. Elle s'accouda sur la table et plaça son visage dans ses mains en poussant un soupir.

— Comment est-ce possible ? Comment peut-on faire subir pareil sort à un autre humain ?

— Il porte bien son surnom !

— Dis-moi, toi qui as plus d'années que moi dans ce métier : on s'en sort bien ou tout ça nous rattrape et nous hante pour toujours ?

— J'aimerais te répondre non, bien que ce soit différent pour chacun. Mais généralement on apprend à vivre avec.

Catherine se leva pour se diriger vers son classeur d'où elle ressortit l'affiche avec les disparues. Elle la déposa sur la table ronde.

— Tu veux bien contacter une certaine Emmy au local 27 et lui transmettre l'affiche ? Demande-lui qu'elle nous établisse, pour chacune de ces femmes, le portrait de ce à quoi elle pourrait ressembler aujourd'hui.

— Oui, mais tu es certaine qu'il dit vrai ? Qu'elles sont encore en vie ? Je veux dire, ça fait un sacré bail en captivité !

— J'en ai la conviction. Évidemment, ça ne certifie rien, mais notre boulot à venir sur cette affaire nous le dira. Et tu as tout à fait raison quand tu dis que fouiller le passé nous apportera les réponses.

Elle sortit un crayon de sa poche de veston et encercla la photo de Louise Leduc. Désormais, six femmes de l'affiche étaient identifiées. Six visages encerclés.

Liste de suspects potentiels

Ce n'est que le lendemain très tôt et après quelques heures de sommeil seulement que les deux collègues abordèrent la question des possibles complices. Entre-temps, jusque tard dans la nuit, ils avaient procédé chacun de leur côté à quelques vérifications pouvant éventuellement servir lors d'un procès. Philippe avait retrouvé le type qui avait effectué le prélèvement de la peinture retrouvée sur le véhicule de l'une des victimes, abandonné avec une crevaison au bord de la route. Il s'appelait Jimmy Lalancette. Il y avait deux scènes semblables dans les cas de disparitions, mais seulement une avait des traces de peinture d'un autre véhicule que celui de la victime. Philippe l'avait remarqué quand il avait révisé les dossiers. Celui qui avait fait le prélèvement dont la trace avait disparu se souvenait vaguement de l'événement. Il se rappelait d'un bleu pâle et devint plus affirmatif en voyant la photo que lui avait envoyée Philippe sur laquelle apparaissait le véhicule de Baribeau.

— Ah oui ! Oui, oui, oui, en effet là, ça me revient. Même genre de bleu. Ça pourrait être ça.

— Bien. Et ce prélèvement vous l'avez remis aux enquêteurs en main propre ?

— En fait, je l'ai adressé via le courrier interne à l'enquêteur responsable du dossier qui a dû le placer aux pièces à conviction, comme le veut la procédure.

— OK. Ben merci Jimmy, encore une fois désolé de l'heure tardive, mais dites-moi avant de vous laisser, existerait-il des traces de ce prélèvement autres que celles envoyées à Allan et Bertrand ? Dans vos labos par exemple ?

— Non, malheureusement. Il n'existe qu'un échantillon.

— D'accord, merci.

De son côté, Catherine avait d'abord parlé à son propre médecin qui en avait référé à un collègue, le docteur Orswell, spécialiste des amputations.

— Je sais que ma question peut paraître bizarre, mais une personne peut-elle survivre systématiquement à une amputation de la main, en supposant que celle-ci ait été faite à la hache ?

— Oh ! Effectivement, c'est une drôle de question et je m'épargnerai de vous demander le pourquoi de celle-ci. Ceci dit, le corps humain dans son ensemble est extrêmement résistant. Par contre, les chances de survie à ce traitement barbare peuvent être liées à différents facteurs. Il y a un risque d'infection ou de gangrène. Cela dépend de la façon dont la blessure est traitée, du tétanos, de la quantité de sang perdu, de la possible fracture de l'avant-bras. Est-ce que l'os est resté à l'air libre et de quelle façon a été refermée la plaie ? Cela dépend également de la médicamentation nécessaire. Est-ce que la personne est hémophile ? Les chances sont bonnes, mais si un ou plusieurs de ces facteurs entrent en ligne de compte, ça pourrait se compliquer.

— En effet, ça peut dépendre de beaucoup de facteurs. Bien, merci doc.

Vers 7 h 30, exténués par le manque de sommeil, tous

deux se retrouvèrent à nouveau dans le bureau de Catherine. Ce fut elle qui prit la parole :

— On doit établir la liste des suspects potentiels. Tu as vérifié de ton côté ?

— Oui. Pour les trois dossiers que j'ai consultés, il y a sept prédateurs répertoriés dans les secteurs où ont eu lieu les enlèvements.

— De mon côté, pour les trois autres, il y en a deux qui ne demeuraient pas loin, si on exclut Éloie Volant.

— Selon toi, il est totalement innocent dans la disparition de Louise ?

— À moins qu'il ne cadre dans les cinq à dix pour cent qui réussissent à déjouer le polygraphe, oui, je crois qu'il n'est pas impliqué dans la disparition de Louise.

— Je crois aussi qu'il n'est pas responsable de ces enlèvements. Pour ce qui est des sept prédateurs pour lesquels j'ai trouvé une proximité avec les lieux des enlèvements, trois d'entre eux étaient des pédophiles. Je les exclus de la liste des complices possibles. L'un d'eux est décédé en 2003. Deux autres étaient en prison au moment de certains faits. Il n'en reste qu'un, que je pourrai toujours interroger une fois que nous l'aurons retracé.

— De mon côté, le premier des deux suspects était dans un procès pour une autre cause et vivait chez ses parents qui s'étaient portés garants de son couvre-feu. Cette condition avait été imposée par le tribunal pour sa remise en liberté sous caution. De plus, il avait un bracelet électronique. Il ne reste que David Blanchard.

— Celui qui a échoué au test du polygraphe dans la disparition de Cynthia Barrette ?

— Exact. Quelle impression il t'a faite quand tu lui as parlé de l'affaire dans le parc ?

— Nerveux je dirais, mais comme toute personne pourrait l'être quand elle est interrogée par la police.

— Tu l'as cru quand il t'a dit ne pas être mêlé à cette affaire ou du moins dans l'enlèvement de la fille ?

— Je dirais que oui. Maintenant, est-ce que ça fait de lui quelqu'un de blanc comme neige ? Je ne le dirais pas. Ça reste un mec qui, à une certaine époque, avait un comportement plus que douteux envers les femmes et il a un casier pour voyeurisme. Il trouvait la jeune femme enlevée à son goût, de son propre aveu, ce qui m'amène à penser qu'il avait les mêmes goûts que Baribeau quant à l'aspect physique de celles-ci.

— Pas faux. On a plusieurs choix le concernant. On le rencontre à nouveau. Ça, c'est le premier choix. Pour le second, on interroge sa femme et on creuse ses emplois du temps. Troisième option, on le place sous filature.

Local 27

Philippe avait quitté le bureau de Catherine, l'affiche en main. Il demanda à Éloïse, la réceptionniste, à quel endroit se trouvait le local 27. Il prit l'ascenseur et suivit les directives données par cette dernière. Sur la porte du local 27, le nom d'Emmy Jane était inscrit sur une plaque de métal. Le titre de son poste indiqué sous son nom était *portraitiste*. Il cogna et on le somma d'entrer d'une petite voix. En ouvrant la porte, il eut immédiatement en face de lui une jeune femme corpulente, dans la quarantaine, les cheveux poivre et sel. Ses yeux étaient pâles et d'un bleu magnifique.

— Bonjour, vous êtes Emmy ?

— Oui, enchantée.

— Enchanté. Je m'appelle Philippe Arsenault et je travaille au Département des affaires non résolues avec Catherine Tremblay.

— J'ai entendu parler de votre arrivée ici. Bienvenue.

— Merci. Écoutez, je viens vous voir, car nous avons une affiche qui date de plusieurs années. Ce sont des femmes disparues.

— Le cas du démon ?

— Oui. On aimerait avoir une idée la plus précise possible de ce à quoi ressembleraient ces femmes aujourd'hui, si elles étaient toujours en vie.

— Elles le sont ? s'étonna la portraitiste.

— Non, nous n'avons rien de nouveau à ce sujet, mentit Philippe. Nous devons envisager toutes les possibilités. Nous avons seulement besoin de celles qui sont encerclées, s'il vous plaît.

Philippe tendit l'affiche à la femme. Elle regarda brièvement les photos avant de s'adresser de nouveau à lui :

— Deux semaines. C'est beaucoup de travail.

— Pas de souci. Ça prendra le temps qu'il faut.

Emmy avait en tête d'utiliser un logiciel développé par des chercheurs de Bradford en Angleterre : des centaines de milliers de photos de gens, mais surtout d'enfants, avaient été passées dans un algorithme qui analysait les changements au niveau des formes du visage et des variations musculaires. L'algorithme ne reproduisait pas les coiffures possibles, mais s'était avéré plus efficace et réaliste que les portraits antérieurs. Il ne lui resterait qu'à appliquer les chevelures et quelques détails de coloration.

Lorsque Philippe retourna auprès de Catherine, celle-ci avait le regard dans les boîtes de dossiers de la première enquête menée par Allan et Bertrand.

— Ça va prendre environ deux semaines pour la nouvelle affiche.

— Bien. J'essaie de retrouver tout ce qu'il y a sur Baribeau et qui a été étudié par Nolan et Pinard. Il ne semblait parler à aucun de ses voisins. Il n'a plus de famille immédiate. Un potentiel complice doit être forcément une personne qu'il a connue auparavant. Tu ne demandes pas à quelqu'un que tu connais à peine de devenir complice d'enlèvement et de séquestration. Il doit se développer une confiance absolue entre eux pour en venir à parler de crimes à perpétrer sur des gens.

— Et se mettre à démembrer celles qu'ils kidnappent. Du moins, les départir de leur main gauche.

— Je dois retracer son passé le plus loin possible. L'enfance. On garde tout ou presque, un ou deux amis d'enfance. Il y a une période où il est devenu asocial. Il faut que ce soit avant.

— Ça peut-être une piste à creuser, en effet.

— Je vais la creuser, mais pour ce qui est de la possibilité que le complice soit David Blanchard, je te laisse regarder pendant que je vérifie ma théorie ?

— Oui. Je vais tenter de voir si quoi que ce soit le relie à Roméo Baribeau. Quand je l'ai interrogé sur le banc du parc dans le Vieux-Terrebonne, au sujet du polygraphe auquel il avait échoué à l'époque, il ne m'a pas donné l'impression d'une personne à cent pour cent sincère. Je vais tenter d'avoir l'heure juste avec lui.

Le téléphone du bureau de Catherine sonna. C'était le commandant Renaud qui exigeait leur présence dans son bureau. Ils y furent dans la minute qui suivit.

— Je veux des nouvelles au sujet de ce qui vient de nous

tomber dessus. Je ne peux y croire ! Rassurez-moi : est-ce que les gens présents au moment de cet aveu ont été *briefés* pour que personne n'ouvre sa gueule à ce sujet ? Tu crois à ce qu'il t'a dit ? demanda-t-il à Catherine.

Il poursuivit :

— Tout ce temps en captivité. Quand j'ai reçu ton message, j'ai failli avoir une attaque. On en est où ?

Catherine prit place sur l'une des trois chaises situées en face du commandant et Philippe fit de même.

— Est-ce que j'y crois ? Je dirais que oui, mais est-ce que je peux le prouver ? Je dirais que pour le moment non, mais vous comprendrez, mon commandant, que ça change tous nos plans concernant la suite des choses. La priorité, s'il est vrai qu'elles sont en vie, est de les retrouver, mais ce ne sera pas chose facile. Deux équipes continuent de fouiller les trois terrains restants qui appartiennent à Baribeau. On y fonde beaucoup d'espoir. Je leur ai envoyé des renforts pour les recherches. On repassera deux fois plutôt qu'une sur les huit terrains. Il faut fouiller et voir à ce que toutes les pistes et théories possibles soient étudiées. Pour répondre maintenant à la première question, j'ai exigé la confidentialité de tous ceux qui étaient présents et qui ont entendu mon échange avec

Baribeau.

— Qu'est-ce qu'on fait des journalistes si ça se sait ? intervint Philippe.

— Il ne faut pas que cela se sache, tout simplement, dit le commandant. Si le ou les complices comprennent qu'ils sont dans le collimateur et que l'on recherche ces femmes, ils pourraient s'en débarrasser sous l'effet de la panique. Je comprends que ça peut être à double tranchant et apporter un lot d'informations possibles et pertinentes, mais c'est trop risqué.

— On est d'accord avec toi. Philippe et moi allons voir de près certaines pistes et théories qui sont trop vagues pour le moment, puis on vous revient à ce sujet.

— Parfait. Beau boulot ! Si c'est vrai tout ça, je ne demande qu'une chose : retrouvez-les et ramenez-les à leurs proches.

L'heure du crime

Il passa sous la douche à 21 h 37. Il aimait son eau tellement chaude que même le ventilateur de la salle de bains ne parvenait pas à éliminer la buée provoquée par les vapeurs chaudes. La pièce et en particulier les miroirs s'emplissaient de vapeur et de buée. Il avait en main un rasoir. Il se savonna le crâne et le torse jusqu'à former une mousse blanche et entreprit le rasage de sa tête et de sa poitrine. Le même traitement attendait ses organes génitaux. Lorsqu'il eut terminé, il rinça soigneusement son corps. Il ne devait rester aucun poil. Il sortit de la salle de bains à 22 h 08, habillé de vêtements neufs. Il ne les porterait qu'une fois, car ils étaient destinés à être brûlés au lever du jour. Il prit place derrière le volant de sa voiture et ouvrit la boîte à gants pour en sortir un petit étui en cuir. Il défit la fermeture éclair de celui-ci et en vérifia le contenu. Il referma l'étui et le remit en place. Il démarra le véhicule et prit à droite dans la rue en face de chez lui. Il roula longuement. À 23 h 59, il gara la voiture derrière un commerce inoccupé, dont la vitrine présentait une affiche *à louer*. Il régla l'alarme de sa montre à 1 h 30 puis mit une *playlist* dans la radio du véhicule après s'être assuré que les phares étaient éteints. Lentement, en songeant à ce qui venait, il s'endormit. Un rêve de courte durée s'invita dans son sommeil. Il se voyait entrer par une fenêtre et découvrir une femme entièrement nue dans un lit. Sur la table de nuit trônaient un insigne de police et une arme. 1 h 30, il ouvrit les yeux au son de *Sound of silence*. Son alarme s'entremêlait avec la musique de la radio qui jouait *Is anything wrong* de Lhasa de Sela. Il prit une grande inspiration, puis récupéra une nouvelle fois le petit étui de cuir qu'il avait regardé plus tôt. Il le rangea dans la poche intérieure de sa veste, sortit de sa voiture et plaça la clé dans un boîtier aimanté qu'il colla sous l'aile avant. Il remonta le col de sa veste jusqu'aux oreilles. Une marche de dix-sept minutes l'attendait. Il avait le temps de réfléchir pendant ce trajet qu'il avait fait deux fois auparavant. La première fois qu'il l'avait aperçue, elle était à la caisse de la boutique de sport. C'était il y a un mois déjà. Ses cheveux longs formant deux tresses l'avaient mis dans un état d'excitation démesurée. Ce serait elle. Avec la précédente, il avait été déçu. Son niveau d'excitation y était, mais la réaction de la femme n'avait pas été celle qu'il avait imaginée et ses attentes ne furent pas comblées. Il espérait donc beaucoup de sa nouvelle conquête. La dernière fois qu'il l'avait vue, elle était sous la douche. Sa fenêtre, dont le rideau ne couvrait pas le coin inférieur, n'avait pas de filtre givré. Il pouvait y plonger son regard ou, plus précisément, l'objectif de sa caméra pour filmer la scène du balcon de l'escalier de secours du bloc-appartements où la femme aux deux tresses demeurait. Elle s'appelait Lili Prud'homme, selon la petite plaquette accrochée à son chemisier au magasin. Elle lui avait souri à trois reprises lors de ses différents achats. Pour lui, elle le provoquait clairement. *C'est une garce prête à coucher avec le premier venu,* avait-il conclu dans son analyse déviante. Son tour viendrait ce soir. Une impatience incontrôlable lui faisait hâter le pas à la simple pensée de lui écarter les jambes. Il se demandait si par cette chaleur, elle dormait nue. Il savait qu'elle dormait seule. Son profil *Facebook* la désignait comme célibataire. Selon ses photos, il connaissait un peu les différentes pièces de cet appartement. Elle n'avait pas d'enfant et était âgée de vingt-cinq ans. Il aimait particulièrement la photo où elle était en maillot de bain, accompagnée d'amies sur la plage d'Oka. Arrivé devant l'escalier de secours, il regarda tout autour et posa lentement les pieds l'un après l'autre sur les marches de l'escalier, sans faire de bruit. L'endroit était parfait, car de grands arbres matures empêchaient les voisins des demeures alentour de le voir. Il était 1 h 51 quand il sortit l'étui de cuir de sa poche. Il en tira une petite fiole et une seringue. Il remplit la seringue avec le liquide de la fiole. C'était au cas où elle résisterait malgré la menace de la lame. Il ne voulait pas la tuer, mais seulement lui faire l'amour. Un viol aux yeux de tous, mais à ses yeux, il ne ferait que lui donner ce qu'elle attendait. Il ne lui ferait pas l'amour plus de quinze minutes. C'était le délai maximum qu'il s'accordait et après, il fuirait. L'avant-dernière femme, il était retourné la violer une seconde fois, car après la première, elle n'avait pas déposé de plainte. Pour lui, c'était un signe qu'elle en redemandait. La porte arrière ne serait pas trop difficile à ouvrir. C'était un modèle de porte standard plutôt bas de gamme, comme le choisissent tous les propriétaires d'immeubles locatifs à peu d'exceptions près. Il crocheta la serrure en quelques secondes, jeta un dernier regard autour de lui et ouvrit la porte. À l'intérieur, toutes les lumières étaient éteintes. Il avait le choix entre deux portes. Deux chambres, dont l'une des deux était entrouverte. À peine avait-il tourné la poignée de la porte close qu'une lumière intense s'alluma et il entendit crier plusieurs voix :

— POLICE ! À TERRE ! COUCHE-TOI PAR TERRE !

Il ne voyait pas combien ils étaient. Des lumières étaient dirigées directement vers ses yeux. Il mit les bras en l'air et fut ensuite saisi et plaqué au sol par Philippe. En moins de deux, David Blanchard fut menotté puis mis en état d'arrestation par Catherine et Philippe. Ses agissements furent reliés à celui que les médias avaient baptisé *le violeur de la nuit*. La perquisition chez lui avait permis de découvrir, sous la laine minérale du grenier, onze enregistrements vidéo qui prouvaient voyeurisme et agressions sexuelles de cinq femmes, dont l'une d'elles à deux reprises. Par contre, rien dans les recherches de Catherine et Philippe n'avait permis de le relier au dossier des 35 doigts d'un démon. La décision des deux collègues de le prendre en filature, quelques jours plus tôt, avait évité que ce prédateur sexuel ne fasse de nouvelles victimes. Les enquêteurs, ayant déduit l'identité de sa prochaine proie, l'avaient approchée et placée sous protection. En voyant David Blanchard prendre son véhicule et se diriger vers son domicile, une équipe des forces de l'ordre avait pris place dans l'appartement de la femme visée par les mauvaises intentions du suspect. Cette dernière se trouvait avec deux policiers dans une voiture de patrouille, à quelques coins de rue de chez elle, attendant la suite. Pour Catherine, un éventuel suspect venait d'être éliminé de la liste tandis que Philippe en avait ciblé un sur la sienne. Rien de concret ne permettait de croire qu'il était impliqué ou qu'il connaissait Baribeau.

L'hôpital

Catherine appuya sur le bouton de l'ascenseur afin de se rendre au troisième. Elle se dirigea vers la chambre 312. La porte était ouverte et elle reconnut une voix qui lui était familière. C'était celle de Bertrand Pinard qui discutait sur un ton laissant deviner sa colère. Elle s'arrêta pour écouter :

— Putain, Allan ! Mais qu'est-ce qui t'a pris, nom d'un chien ? Cette garce et son unijambiste sont en train de foutre la merde et ils m'obligent maintenant à prendre une retraite forcée. Putain de merde, c'est comme ça que tu me remercies ? C'est comme ça ? Vingt-trois ans partenaire,

bordel ! Je t'ai sauvé le cul combien de fois, hein ? Combien ?
Je ne les compte même plus.

Catherine choisit ce moment pour entrer. Allan était alité,
le lit légèrement relevé en position assise. Il se tourna vers
Catherine, d'abord confus puis ensuite souriant. Bertrand
regarda Catherine avec des fusils dans les yeux. Il s'approcha
d'elle et s'arrêta à ses côtés. Ils se fixaient, la tête légèrement
tournée l'un vers l'autre. Bertrand chuchota :

— J'espère que ça vous apporte un sentiment de fierté
d'avoir foutu la merde comme ça, avec votre crisse
d'enquête. Je fais quoi maintenant moi ? Ce boulot c'était
toute ma vie tabarnak ! mentit-il, car il répétait depuis
longtemps à qui voulait bien l'entendre qu'il avait hâte de
prendre sa retraite.

Catherine jugea qu'il valait mieux ne pas répliquer.
Bertrand lui adressa une dernière parole :

— Il est temps pour moi de crisser mon camp. Partir avant
de dire tout haut ce que je pense tout bas. N'oubliez pas de
lui faire jouer sa chanson en boucle dans son vieux radiocassette. Ça lui rappelle ses premières amours. Vous êtes
capable de faire ça ou tout ce que vous touchez finit par sentir
la merde ?

Il se tourna ensuite vers son ancien collègue après avoir défié Catherine du regard durant quatre interminables secondes :

— Je reviens te voir demain, mon vieux. Je t'apporterai les journaux et une radio mieux que ton vieux poste.

Avant de quitter la pièce, il avait, une dernière fois, fusillé du regard la directrice des affaires non résolues. Allan attendit que Catherine soit assise sur la chaise à côté de son lit pour la saluer.

— Vous allez bien ?

— Oui, merci et pour vous c'est une bonne journée ou une journée plus difficile ?

— Entre les deux, je dirais. Ne vous fiez pas à ce que vous venez d'entendre de Bertrand. Il n'est pas comme ça dans la vie de tous les jours. Bien sûr, lui et moi avons fait équipe pendant longtemps, mais comme vous le découvrez sûrement aujourd'hui et selon ce que Bertrand vient de me donner comme information, ben on a parfois utilisé des méthodes discutables. Cependant, je réitère que je ne veux pas partir avec ces disparitions sur la conscience. C'est désormais ce qui compte pour moi. J'ai besoin que vous trouviez. Je ne vous ai pas reconnue tout de suite à votre arrivée. Ça m'est revenu dans la seconde suivante. La maladie gagne du terrain. Il y a du nouveau ?

Sa voix était devenue plus rauque, plus lente. La maladie progressait. Catherine répondit par un demi-mensonge. Elle jugea qu'il valait mieux, pour le moment, taire sa rencontre avec Baribeau et ce qui en avait découlé. Elle voulait garder sous silence le branle-bas de combat et la course contre la montre qui étaient engagés dans cette affaire.

— Quelques avancées, mais j'attends des confirmations avant de pouvoir sauter aux conclusions, monsieur Nolan. Dites-moi, vous avez souvenir dans vos recherches de l'époque, à savoir si quelqu'un avait côtoyé de près Roméo Baribeau ?

— Ma pauvre fille, j'ai de la difficulté à me rappeler certains détails, mais des souvenirs, non. Pourquoi ça ?

— Je n'exclus aucune possibilité. J'aimerais parler à tous ceux et celles qu'il a côtoyés. Au moment de la première enquête, vous avez fouillé son passé ?

— Ce que je sais de lui est dans les boîtes de dossiers que Bertrand vous a remis. D'ailleurs, pour la première question, Bertrand aurait possiblement meilleure mémoire que moi à ce sujet.

— Je lui demanderai.

— Je le connais, il vous enverra promener. Il doit encaisser sa retraite forcée et par la suite il sera plus enclin à parler.

— On verra bien.

— Vous n'avez aucune piste intéressante ?

— Il me reste des infos et des pistes à voir. Je vous laisse vous reposer.

Vols de voitures et voies de fait graves

Devant elle, sur le bureau, se trouvait peut-être l'élément clé du complice. Le dossier judiciaire de Baribeau était garni de larcins commis dans la jeune vingtaine : voies de faits graves, vandalisme, entrée par effraction, vols à l'étalage et vols de voitures, entre autres. Elle dut se rendre au palais de justice au Département des archives judiciaires, afin d'accéder aux contenus de ces dossiers. Elle passa de longues heures dans un local mal aéré et poussiéreux. Dans la cause impliquant le démon pour voies de fait graves et celui de vols de voitures, Roméo avait été accusé et reconnu coupable. Une autre personne apparaissait au dossier comme complice, un jeune homme du nom de Patrick Bourgeault. Elle se renseigna à son sujet dans le fichier central. Il n'y avait que trois délits pour lesquels il avait été accusé. Après ceux commis en complicité avec Baribeau, c'était le grand vide jusqu'à trois ans auparavant. Alors âgé de soixante-cinq ans, il avait commis un méfait public dans un débit de boissons. Il aurait détruit une partie de l'établissement à coups de batte de baseball, suite au refus du barman de lui servir une autre bière vu son état d'ébriété avancé. Dans le dossier, la dernière adresse connue de Patrick était le 1033, place de la Colombière. La répondante de sa liberté sous caution qui demeurait à la même adresse, devait être sa sœur ou sa femme, Camille Bourgeault. Catherine avisa Philippe qu'elle se rendait là-bas avec une patrouille de deux agents. Quant à Philippe, il allait à la campagne, dans la direction opposée.

Prêt à faire feu

Philippe s'était fié à son GPS qui l'avait conduit à destination, car il ne connaissait nullement ce secteur qu'il visitait pour la première fois. Saint-Alexis-des-Monts était une municipalité isolée en Mauricie. Il emprunta un chemin de terre qui le mena à un terrain portant une affiche. *Euclide Laprise* et le nombre *125* inscrit en dessous. Là, une rangée d'arbres bordait les deux côtés d'un chemin de terre, où les véhicules avaient creusé des ornières, au centre desquelles s'efforçait de pousser une bande d'herbe assez haute. Au bout du chemin, se trouvait un chalet en apparence bien entretenu.

* * *

Euclide Laprise regardait par la fenêtre. Il avait à peine écarté le vieux rideau à carreaux. Il était âgé, mais sa vision était redevenue, à peu de chose près, celle de sa jeunesse depuis son opération de la cataracte. Au bout du chemin, un véhicule s'engouffrait dans l'allée qui menait au chalet. Il retira les doigts de son rideau et quitta le salon pour aller se positionner derrière la porte. Une fois sur place, il se pencha légèrement vers l'avant et passa sa main derrière lui. Lorsqu'il la remit devant son corps, sa main tenait un Magnum 357. Il ouvrit le barillet pour s'assurer qu'il était bien chargé, puis le referma. Son rythme cardiaque s'accéléra. Ses mains tremblaient légèrement à cause de l'adrénaline. Il tenta de prendre de grandes respirations pour se calmer, mais ce fut peine perdue. Il regarda par l'œil magique de la porte. La voiture était presque arrivée au lieu de stationnement. Il pointa l'arme au-dessous du judas optique et posa le bout du canon sur la porte de bois, prêt à faire feu à travers celle-ci...

Madame Bourgeault

Elle frappa trois coups à la porte et fut emportée immédiatement dans ses pensées. Le démon. Elle ne pourrait plus jamais frapper à une porte sans que ça lui rappelle le fameux toc, toc, toc de Roméo Baribeau. Les deux policiers se tenaient en retrait derrière elle. La porte s'ouvrit, la sortant de ses sombres pensées. Une petite femme dans la cinquantaine, aux cheveux longs et gris se tenait à l'intérieur.

— Oui ?

— Bonjour, je m'excuse de vous déranger. Je suis Catherine Tremblay de la police, division des affaires non résolues, dit-elle en présentant son badge. Est-ce que vous êtes Camille Bourgeault ?

— Oui, mais mon Dieu pourquoi la police ? Est-il arrivé quelque chose ?

— Non. Ne soyez pas inquiète, madame. Patrick Bourgeault, c'est votre mari ou votre frère ?

— Mon frère.

— On peut le voir ? Il demeure toujours avec vous ?

— Non ! Mon frère est décédé il y a deux ans.

L'affirmation que venait d'énoncer cette femme fit l'effet d'une douche froide à Catherine.

— Désolée de l'apprendre, madame. Puis-je vous poser quelques questions à son sujet ?

— Oui, bien sûr. Vous pouvez entrer.

— Merci, madame, mais je dois vous aviser. Par mesure de sécurité, avez-vous objection à ce que les deux policiers qui sont avec moi fassent le tour de l'appartement ?

— Aucun problème avec ça, je n'ai rien à me reprocher, mais vous m'inquiétez un peu.

— Simple procédure, madame. Vous vivez seule ici ?

— Oui.

Catherine entra, fit signe de la tête aux deux policiers et de sa main, elle tournoya son index, leur signifiant de faire le tour de l'appartement. C'est au moment où Catherine prenait place à la table avec Camille Bourgeault que le premier des deux policiers, l'agent Réal Blais, fit un signe négatif de la tête. Cela confirmait à Catherine qu'il n'y avait personne d'autre qu'eux sur place. L'appartement était modeste, quoique certains tableaux sur les murs fussent de très belles peintures originales qui devaient être dispendieuses. Une sorte d'abstrait aux couleurs vives. Certains bibelots paraissaient de collection.

— Il vous reste des affaires ayant appartenu à votre frère ?

— Non, malheureusement. L'année suivant sa mort, j'ai tout remis à un organisme de charité et sa voiture a été reprise par le concessionnaire automobile. C'était une voiture de location.

— Madame Bourgeault, connaissez-vous un certain Roméo Baribeau ?

— Le démon ? Oui, malheureusement je le connais.

Catherine se sentit fébrile à la suite de cette réponse. Elle poursuivit :

— Dans quelles circonstances avez-vous fait sa connaissance ?

— Mon frère Patrick et lui étaient amis. J'avais beau lui

dire que Roméo avait une mauvaise influence, il n'écoutait pas mes remarques. Je savais que Roméo n'était pas normal, mais pas à ce point.

— C'étaient donc de bons amis ?

— Oui, depuis le début de l'adolescence.

— Ils allaient à l'école ensemble ?

— Au couvent. C'est là que nos parents avaient envoyé Patrick.

— Lequel ?

— Le couvent des sœurs de la Parole de Dieu. C'est à Joliette. Je crois qu'aujourd'hui c'est une maison de retraite pour les sœurs, parce que, peu de temps après la fin des études de Patrick, il n'y a plus eu d'enseignement là-bas. C'est pour ça que j'ai été envoyée à l'école publique ensuite. Je n'ai donc pas connu le couvent.

— Parlez-moi de Patrick durant ses dernières années. Il était comment, de façon générale ?

— Il avait un bon fond, mais il était perturbé. Je pense que son amitié avec Roméo n'aidait en rien. Roméo semblait avoir de l'emprise sur lui, mais je ne le voyais jamais. Il était toujours parti. Des fois, il pouvait ne pas rentrer pendant deux nuits d'affilée, voire une semaine, puis il rebondissait comme ça. Il faisait un peu de lavage, on prenait un repas ensemble et il repartait en me donnant un bec sur le front.

— Il vous disait où il allait ?

— Non. Mais dans les dernières années de sa vie, il restait ici. Il avait eu des démêlés avec la justice à la suite d'une histoire dans un bar. J'ai payé sa caution et il avait un couvre-feu. Il devait donc revenir tous les soirs car un agent de probation appelait, mais jamais de façon routinière, pour vérifier s'il était à la maison.

— Il est décédé comment ?

— Il s'est fait heurter par un véhicule. C'était un délit de fuite et on n'a jamais retrouvé le conducteur ni le véhicule. Je pensais que c'était pour ça que vous veniez me voir quand vous vous êtes présentés.

— Non. Je cherche simplement à comprendre certaines périodes dans le temps en lien avec monsieur Baribeau.

— Je ne le voyais plus dans les derniers jours. Je l'apercevais rarement de toute façon.

— Vous n'avez rien remarqué de particulier concernant des activités que votre frère avait avec Roméo ?

— Vous croyez que mon frère pourrait être mêlé à ça ? Non, ne me dites pas ça s'il vous plaît ! dit la femme inquiète, en plaçant sa main sur sa joue.

— Rassurez-vous. Nous n'en sommes pas là. On poursuit seulement nos recherches dans cette affaire et on ne laisse rien au hasard. Dites-moi, avez-vous des photos récentes de votre frère ou encore avec Roméo ?

— Laissez-moi deux minutes, je vais aller dans ma chambre et je vous apporte ça.

— Vous en avez avec Roméo ?

— Oui, quand ils étudiaient tous deux au couvent. Je vous les apporte.

Catherine avait du mal à contenir son empressement de voir ces photos pour en apprendre plus sur celui qu'elle aurait pu croire complice de Roméo Baribeau, s'il n'était pas décédé deux ans plus tôt. Une pensée morbide lui vint soudainement à l'esprit. Et si, par un hasard quelconque, Roméo n'était pas au courant de la mort de son ami Patrick Bourgeault ? Si, justement, c'était lui le complice ? Cela voudrait dire que les captives, sans leurs kidnappeurs, étaient sans doute prisonnières, mais mortes ! Mortes de faim, car abandonnées à cause du décès soudain de la seule personne qui leur apportait de la nourriture. Roméo Baribeau, qui n'aurait pas été informé, croirait encore et toujours que les femmes enlevées étaient en vie alors qu'il n'en était rien. Camille Bourgeault la sortit de ses songes.

— Voilà ! Il y en a trois. Sur la première, on voit Patrick un peu avant sa mort. C'est une photo qui avait été prise durant l'un de nos repas au restaurant du coin. Il détestait se faire photographier. Il disait que ça brisait les appareils alors que dans les faits, il avait de si beaux yeux bleus. Sur la seconde, vous le voyez avec trois autres camarades de l'époque, dont Roméo Baribeau qui n'est pas difficile à reconnaître, devant le couvent. Je crois que c'est la mère de l'un d'eux qui avait pris la photo.

En effet, Catherine fut surprise par ce second cliché. Déjà, à l'adolescence, Roméo avait l'air d'un homme. Il dépassait de trois têtes au minimum ses camarades de classe du couvent.

— J'ai deux questions à vous poser, madame Bourgeault. Est-ce que vous savez si Roméo est au courant du décès de votre frère ?

— Oh, je ne pourrais vous dire, mais c'est fort possible que non. Je n'entretiens personnellement aucun lien avec Roméo et je ne leur connais aucun ami en commun, si ce n'est le petit Simon que l'on voit sur la seconde photo. Toutefois, d'après mes souvenirs qui sont fort lointains déjà, ce dernier est parti vivre en Europe il y a bien longtemps.

— D'accord. Ça m'amène à la seconde question. Vous connaissez le nom des deux autres qui sont sur cette photo en compagnie de votre frère et Roméo ? Vous avez mentionné Simon. Vous connaissez son nom de famille ?

— Non, malheureusement je ne le sais pas et l'autre avec le bras dans le plâtre, un peu à l'écart, ça ne me dit rien du tout.

— Je vois. Et concernant la troisième photo ?

Sur ce cliché, Patrick Bourgeault était seul avec une religieuse portant l'uniforme de sœur chrétienne. C'était une photo de couleur sépia, contrairement à la seconde en noir et blanc et à la première plus récente en couleur.

— C'est sœur Cathy Cesnik. Patrick et moi l'aimions beaucoup. Elle nous protégeait, disons-le comme ça.

— Elle vous protégeait de quoi ?

— De certaines personnes de la communauté religieuse qui avaient les mains longues.

Pour le moment, Catherine n'avait plus de questions pour Camille Bourgeault. Elle ressentait un pincement dans l'estomac. Et si le frère de cette femme avait bel et bien été le complice recherché ? Que Roméo Baribeau n'était pas au courant de sa mort ? Et si les sept pauvres femmes étaient mortes depuis deux ans déjà ?

Le .357 Magnum

Philippe monta les marches menant au porche de la vieille maison canadienne au toit rouge écarlate. C'était une splendide demeure. Elle avait gardé l'ensemble de son cachet original, dont les fenêtres à carreaux. Le bruit de ses pas résonnait un peu comme ceux que l'on entendait dans les films de cowboy quand les personnages marchent sur un parquet de bois, le son métallique de l'éperon en moins. Il cogna à la porte et, immédiatement, un détail le frappa. L'œil magique servant à l'hôte pour observer la personne qui se présentait était tout juste un peu plus haut que la poignée.

Philippe ne voyait pas d'autre possibilité que celle d'un nain.

— Qu'est-ce que tu me veux ? T'es qui ? Fous le camp !

— Philippe Arsenault. Police, monsieur.

L'enquêteur, par la voix de son interlocuteur de l'autre côté de la porte, évaluait déjà que l'individu avait un certain âge.

— Je veux voir ton badge. Place-le environ à un demi-mètre de l'œil magique pour que je le voie comme il faut.

Philippe s'exécuta à la demande de celui qu'il n'avait jamais vu, mais qui le tutoyait comme s'ils s'étaient toujours connus. Il attendit quelques secondes en silence, laissant ainsi un temps raisonnable à celui qu'il était venu rencontrer.

— Que me veux-tu ? finit par demander la voix.

— J'aimerais vous poser quelques questions au sujet de Roméo Baribeau et de votre sœur May.

Le silence. Puis, le bruit de trois loquets de sécurité se fit entendre, indiquant que l'habitant des lieux était sans doute en train de déverrouiller. Philippe recula d'un pas. La porte s'ouvrit enfin. L'homme qui l'accueillit n'était pas un nain, loin de là, mais plutôt un septuagénaire en fauteuil roulant. Ce dernier posa les deux mains sur les roues de sa chaise pour reculer vers l'entrée située derrière lui sur la gauche.

— Viens et ferme derrière toi.

Philippe entra et vit sur une table basse à côté de la porte l'arme qui, sans qu'il le sache, était pointée sur lui quelques secondes auparavant. Par méfiance, il posa la main sur la crosse de son revolver, prêt à dégainer, car il ne voyait plus son hôte maintenant dans la pièce voisine.

— Cette arme est enregistrée, monsieur Laprise ?

— Relaxe, Philippe. C'est bien ça, Philippe ? Si tu regardes dans ton registre des enregistrements d'armes à feu, tu vas voir que j'ai le Magnum .357, un Beretta pis une .303 à mon nom. Elles ont toutes été légalement obtenues, enregistrées et je n'ai aucun casier judiciaire. Ne me demande pas les paperasses de tout ça, c'est quelque part dans une boîte mais je sais plus trop où. Mais tout est légal.

Philippe venait de rejoindre Euclide dans le salon. Ce dernier tourna sa chaise pour lui faire face. Il poursuivit sur sa lancée de tutoiement :

— Assieds-toi, reste pas debout. Ça me donne mal au cou quand j'ai trop longtemps la tête qui regarde vers le haut. Tu m'excuseras je n'ai pas de café, pis l'eau ici est pas potable. Elle vient du lac et je ne m'en sers que pour la vaisselle et la douche. Je bois que de la bière. Je suis un alcoolique assumé et je veux rien savoir de la crisse d'abstinence. Comprends-moi bien. Je n'aime pas les armes. Je suis pas un violent, mais je les garde précieusement au cas où l'enfant de chienne dont tu me parlais avant d'entrer s'évade et décide de finir ce qu'il a commencé, il y a longtemps. S'il vient ici et qu'il est face à moi, je lui fais un deuxième nombril. Pis s'il se sauve dos à moi en voyant le gun, ben ce sera un deuxième trou du cul. Ha ! Ha ! Ha !

Euclide s'étouffa en riant. Possible résultante de la cigarette qui, en apparence et à l'odeur, était omniprésente dans la vie du frère de May Laprise, épouse de Roméo Baribeau. Philippe avait déjà remarqué le bout du pouce et de l'index jauni de l'individu, le cendrier rempli de moitié sur la table de salon et l'odeur envahissante du tabac qui devait être imprégnée partout. Philippe choisit d'ailleurs la petite chaise de bois plutôt que les fauteuils qui auraient eu tôt fait de laisser la répugnante odeur sur son manteau.

— Vous dites « avant qu'il décide de finir ce qu'il a commencé, il y a longtemps », c'est Baribeau qui vous a placé dans ce fauteuil roulant ?

— Oui, mon gars. Son but, c'était la tombe, mais il a manqué son coup.

— Pourtant, je n'ai pas vu de tentative de meurtre à son dossier.

— Je le sais. Ils n'ont pas pu le prouver, mais c'est bien lui.

— C'est arrivé comment ?

— Un mois d'août, en 1985. Le 6 août précisément. À l'époque, ça ne faisait pas trop longtemps que ma sœur sortait avec le démon. Déjà, elle commençait à prendre ses distances. Notre père était ben malade. Un cancer qui s'est généralisé après trois ans. May est arrivée un soir avec son géant pour un souper. Dès le départ, je ne l'ai pas aimé. Ma sœur avait les deux yeux amochés et noircis, en plus d'avoir le haut du nez fendu. C'était clair qu'elle avait eu le nez cassé. Je me doutais que c'était lui, mais elle a justifié sa blessure en disant qu'elle s'était cogné le nez parce que son trou de cul de chum avait accidentellement ouvert la porte pendant qu'elle s'apprêtait à l'ouvrir de son côté. Quand ma sœur est partie avec mon père pour aller chercher le repas dans la cuisine, je lui ai dit que je savais que c'était lui. Il n'a pas répondu. Il me souriait de façon arrogante, l'enfant de pute. Ce jour-là, si je ne m'étais pas retenu, je lui aurais sauté dessus. Il n'a pas dit un mot de la soirée. Il ne répondait même pas aux questions de mon père. C'est ma sœur qui répondait pour lui. Il a mangé le poulet à lui tout seul ou presque. Avant même que les autres se servent, il avait arraché la moitié de la carcasse avec ses mains pour la mettre dans son assiette et pris trois quarts des patates pilées. Ma sœur avait honte, ça se voyait, mais il avait l'air de s'en foutre royalement. À la fin de la soirée, je dirais une heure et demie plus tard, je l'ai rejointe dans le couloir. Elle s'en allait aux toilettes. Je lui ai demandé si c'était lui qui lui avait fait ça. Elle voulait pas me répondre et s'est mise à pleurer. Je lui ai dit : « Si c'est lui, je le tue, je t'avertis. Ce n'est pas un gars pour toi et tu sais que ça va rendre papa encore plus malade maintenant qu'il t'a vue comme ça ». Il n'était pas fou le vieux. Il savait ben. Elle m'a répondu et je cite ses paroles dont je me souviens comme si c'était hier. Elle m'a dit : « On ne quitte pas Roméo. Il me laissera jamais le quitter ». Je suis retourné à la table, mon père lui posait une seconde et une troisième fois la même question, à savoir ce qu'il faisait dans la vie et ce démon-là ne le regardait même pas. Je lui ai dit : « Es-tu sourd, câlisse ? Mon père te parle ! » J'étais enragé. Il me regarda et il prit une cuillerée de purée à même le plat de réception pour l'enfoncer dans sa gueule de prétentieux. Il me fixait dans les yeux, sans broncher et en souriant. Ma sœur est revenue et a bien vu le malaise. Elle a feint une migraine et a dit qu'il était temps pour eux de partir. Mon père s'est mis à brailler sur place. Il se sentait impuissant face à ce qui était en train de se passer et à ce qui arrivait à sa préférée. Moi je n'ai pas dit un mot, car dans ma tête, j'avais déjà un plan. Mais comprends-moi ben, ma sœur pis moi on s'aimait pas d'avance. C'était moi en fait qui étais jaloux, je m'en cache pas. Mon père aimait sa fille plus que tout au monde. Il l'a appelée May en honneur de son actrice fétiche. May West. Moi, il me traitait comme de la merde et à elle, il lui donnait tout ce qu'elle voulait. D'ailleurs, quand il est mort, le bonhomme, il lui a laissé huit terrains pis moi, il m'a laissé des poussières.

Philippe prenait quelques notes. Il avança une question :

— Donc, vous dites que vous aviez déjà un plan ? On discutait sur le fait que c'est Baribeau qui vous avait placé dans cette chaise roulante et vous avez bifurqué sur un souper de famille.

— Oui, c'est pour te mettre en contexte. Mais si je te parle du plan, ça peut se retourner contre moi ? Je veux être accusé de rien.

— Pour être franc, ça dépend de quoi vous parlez. Je ne

peux faire comme si je n'avais rien entendu.

— T'enregistres pas de toute façon ? Parce que je nierai t'avoir raconté ça si je me fais accuser après.

— Je vous écoute et non, je n'enregistre pas.

— J'ai échafaudé le plan de lui donner une bonne leçon à cet enfant de chienne.

— Comment ?

— Je connaissais deux ou trois gars, pas trop peureux. Je leur ai parlé de la situation de ma sœur pis on a décidé de lui passer un message à notre façon.

— Le tabasser ?

— Oui. Juste assez pour lui faire comprendre que s'il s'approchait encore de ma sœur, ce serait deux fois pire. Tu vois le genre ?

— Je vois, oui. Et il s'est passé quoi ? Il n'a manifestement pas compris, selon ce que racontent les faits.

— En effet, il n'a pas compris. C'est plutôt le contraire qui s'est produit.

— Vous voulez dire que c'est vous qui avez compris quelque chose ?

— Oui, exact. Compris ce que ma sœur m'a dit dans le couloir : on ne quitte pas Roméo.

— Qu'est-ce qui s'est passé ce soir-là où vous avez décidé de lui donner une raclée ?

— C'est lui qui nous en a mis une. Philippe, je lui ai brisé un bâton de baseball sur les côtes et il a même pas bronché, sans exagérer ! Il a pris mon ami Jean et l'a lancé comme une poupée de chiffon sur une distance d'au moins trois mètres. Louis Cyr est un enfant de chœur à côté de ce fou. Les quatre, on est sortis pas mal amochés de notre rencontre. Avant de partir, il m'a ramassé par le col, m'a soulevé du sol et de sa main libre, m'a fait le signe de coupe-gorge. Une semaine après, je me faisais frapper par une voiture dont on n'a jamais retrouvé la trace. Depuis ce temps, c'est la chaise pour moi.

— Vous êtes certain que c'est lui ? Vous l'avez vu ?

— Non, je l'ai pas vu et c'est ce que j'ai dit à vos collègues de l'époque. Mais un plus un ne font pas trois, Philippe.

— Je comprends très bien. Je vais passer à côté de cet aveu de voies de fait, tout comme je vais ignorer le fait que je pourrais vous mettre à l'amende pour mauvais rangement d'une arme à feu. Et, soit dit en passant, malgré le permis de port d'arme, vous n'avez pas le droit de la garder chargée et non sécurisée.

— Ah oui et je fais quoi s'il se pointe ici ? Je lui dis

d'attendre deux minutes, le temps que je déverrouille le cran de sûreté de mes armes, que je choisisse avec laquelle je vais le tuer et que je charge cette arme, Philippe ? Et tout ça en chaise roulante, mon gars ?

Philippe sortit une petite enveloppe de sa poche intérieure de veston.

— En fait, monsieur Laprise, je ne suis pas venu ici pour ça. Dites-moi, quand avez-vous revu votre sœur après cette soirée que vous me décriviez tout à l'heure ?

— Chez le notaire, à la mort de mon père.

— Vous ne l'avez jamais revue par la suite ?

— Non, monsieur. J'ai bien pensé que le fou lui avait raconté mon idée et notre bagarre. À partir de ce moment-là, elle devait être fâchée après moi et mon père, même si le vieux n'avait rien à voir dans tout ça. De toute façon, je ne la voyais déjà presque pas. Elle était la préférée de mon père et je lui en voulais, car elle en a bien profité.

— Monsieur Laprise, je vais vous expliquer une chose ou deux, en lien avec votre sœur et Roméo Baribeau. Vous devez garder la confidentialité de tout ça parce que si vous en discutez avec qui que ce soit, je devrai vous accuser d'entrave à une enquête policière, sans compter que vous mettriez des vies en danger. Vous me comprenez ?

— Je comprends bien, mais ai-je le choix ?

— Vous l'avez ! J'ai besoin de vous pour éclairer certains faits et je dois vous annoncer une bien triste nouvelle.

— Calvaire, c'est quoi cette histoire-là ? Y a du nouveau sur les femmes que ce bâtard-là a enlevées ?

Philippe ouvrit l'enveloppe pour en sortir une photo. Elle représentait la tête de la femme retrouvée dans le congélateur chez Roméo Baribeau.

— Je vais vous montrer une photo qui n'est pas facile à regarder. J'espère que vous n'avez pas l'âme sensible.

— Non, ça va sur ce côté-là.

— J'ai besoin que vous me disiez si vous connaissez la femme sur ce cliché, dit Philippe en tendant la photo de l'inconnue retrouvée morte dans le congélateur chez Roméo Baribeau.

Euclide eut une expression de dégoût en regardant l'image.

— Calvaire ! jura-t-il. Non, je ne la connais pas.

— Vous me confirmez que ce n'est pas votre sœur ?

— Ce n'est pas ma sœur, j'en suis certain. Ma sœur avait certainement vingt ans de plus que la femme que je vois là.

Pourquoi vous me demandez ça ?

— La mauvaise nouvelle c'est que la femme sur cette photo a été retrouvée démembrée dans le congélateur de Baribeau.

— Tu me dis que la femme que Baribeau a tuée, ce n'est pas ma sœur ?

— Votre sœur est bel et bien morte démembrée, monsieur Laprise, mais sa mort remonterait à peu de temps, probablement après votre visite chez le notaire. Nous l'avons retrouvée dans un bunker souterrain sur l'un de ses terrains qu'elle aurait faussement vendus à Baribeau.

— Faussement vendus ?

— Oui. Si votre sœur est morte peu de temps après votre passage chez le notaire, elle n'a pas pu vendre les terrains à Baribeau quelques années plus tard. C'est donc la femme du congélateur qui se serait fait passer pour votre sœur chez le notaire. Roméo Baribeau a possiblement tué votre sœur et remplacé celle-ci par la femme que vous voyez sur la photo que vous avez en main.

Des larmes coulaient déjà sur les joues d'Euclide Laprise. Il prit la bière qui se trouvait sur le coin de la table de salon et la but d'un trait.

Le temps presse

Philippe s'assit à la table où Catherine l'attendait. Ils s'étaient rejoints à mi-chemin. Le restaurant était peu fréquenté et n'avait que quelques places. L'endroit était vieillot et il y avait toujours des jukebox aux tables. Ils passèrent de longues minutes à échanger sur leur visite respective chez Camille Bourgeault et Euclide Laprise.

— Tu vas faire quoi demain ?

— Je vais aller au couvent. Il n'y a rien de nouveau sur les recherches de terrains. J'ai des photos avec moi et j'aimerais bien identifier l'un des enfants qui est sur l'une d'elles. Mon instinct me dit que je cherche dans la bonne direction concernant ses possibles amis de longue date. Mais je crains que, si le complice était bel et bien Patrick Bourgeault et que Roméo n'est pas au courant de la mort de son ami, les femmes kidnappées ne soient mortes. Et toi ? Tu vas pousser pour identifier la femme du congélateur ?

— Oui. J'ai fait retravailler la photo pour que l'on ne comprenne pas que la tête est coupée. On ne verra que le visage et la photo sera publiée dans différents journaux de demain pour demander l'aide de la population. Pendant ce temps, je vais aller aux archives pour consulter les dossiers de disparitions antérieures aux années 2000.

— Je peux le faire si tu veux. Je suis assez talentueuse dans les recherches de vieux dossiers, je te dirais. Les archives, ça me connaît. Et toi, tu prends le couvent ?

— Avec grand plaisir. Je t'avoue que les recherches sur microfiches et dans les boîtes poussiéreuses dans les sous-sols de bâtiments sans fenêtres, ce n'est pas ma portion favorite des enquêtes. Tu dois avoir hâte que ce soit entièrement numérisé !

— Oui, c'est certain. J'espère que ça donnera des résultats, que ce soit dans les archives ou au couvent en fouillant le passé de Baribeau. Cette histoire est complètement dingue. Tu te souviens quand nous avons rencontré Bertrand ? Il nous disait avoir placé un agent double dans la même cellule que Baribeau.

— L'opération Mister Big, oui. Ça n'avait rien donné comme résultat. Tu crois que nous devrions tenter le coup à nouveau ?

— C'est une bonne idée, tu penses ?

— Tout ce qui pourrait nous amener de l'information sera bienvenu. Si elles sont toujours en vie, le temps presse.

Les sœurs de la Parole de Dieu

Le couvent était immense. Aux yeux de Philippe, les édifices religieux avaient toujours eu une sorte d'aspect majestueux. Les pierres taillées, les vitraux, l'immensité. L'entrée principale était accessible via un parvis en forme de demi-lune où l'enquêteur stationna son véhicule, faisant fi d'un panneau le lui interdisant. Il avait annoncé son arrivée et la directrice du bâtiment, sœur Henriette Caisse, l'accueillit dans le hall. C'était un endroit fait de boiseries de luxe et de pierres. Elle demanda à l'enquêteur de la suivre jusqu'à son bureau. Il regardait partout autour de lui ; le plafond cathédrale, d'immenses tableaux représentant des membres de la communauté religieuse et un pape d'une autre époque. Il remarqua de grands radiateurs de métal fonctionnant avec l'eau chaude et des moulures aux motifs d'anges. Il n'osait imaginer le coût de tout ce qu'il voyait. Philippe songea tout en marchant que certains membres avaient dû se retirer de la salle et aller aux toilettes au moment de prononcer les vœux de pauvreté. Pour compléter sa pensée, une pièce de collection incroyable l'attendait dans le bureau de sœur Henriette : un bureau entièrement sculpté en une seule pièce de bois.

— Joli bureau.

— Oui. Je reçois ce compliment de presque tous les visiteurs et visiteuses. Il a été taillé et sculpté dans un vieux chêne qui était sur place à la construction du couvent. Que puis-je faire pour vous, monsieur ?

— Ma sœur, j'ai deux photos à vous montrer et j'ai besoin que vous m'éclairiez sur les personnes que l'on y voit.

— Ça tombe bien, je suis l'une des doyennes. Ça me rappellera sans aucun doute mes jeunes années et me fera oublier mes soixante-dix-huit printemps.

Philippe sortit la photo de sœur Cathy Cesnik et Patrick

Bourgeault durant l'adolescence de ce dernier au couvent. La seconde photo était celle des quatre adolescents, parmi lesquels Baribeau qui avait l'apparence d'un adulte. Devant l'image sépia de sœur Cesnik, les yeux de sœur Henriette devinrent humides.

— Sœur Cesnik, dit-elle.

— Est-elle encore en vie ?

— Si cela était le cas, elle serait dans les mêmes âges que moi. Malheureusement, elle a été tuée de façon bien mystérieuse. On n'a jamais retrouvé son assassin. Les quelques mauvaises langues qui courent encore vous diraient que ce sont des membres influents du clergé qui l'ont tuée pour ne pas qu'elle dénonce des sottises concernant certaines d'entre nous, mais c'est un tissu de mensonges. Je privilégie la thèse qu'elle a surpris des cambrioleurs. Le jeune homme par contre, mes souvenirs ne le replacent pas.

— Patrick Bourgeault. Il a fréquenté le couvent en compagnie des autres jeunes qui se trouvent avec lui sur la seconde photo.

— Roméo Baribeau, dit « le démon », lâcha-t-elle en prenant la photo de sa main droite. Il nous en a donné du fil à retordre. Le surnom que les journaux lui ont attribué lui va très bien.

— Pourquoi dites-vous cela ?

— Parce que c'en est un. Nous avons même dû le forcer à une séance d'exorcisme, à un certain moment.

— Je croyais que l'exorcisme relevait de la légende.

— Encore de nos jours, au moins trois ou quatre exorcismes sont pratiqués au Canada, monsieur, et c'est une démarche sérieuse.

— Vous seriez en mesure d'identifier le troisième jeune qui est avec eux ?

— Lui ? Assurément, avec les photos de groupe de l'époque, mais le quatrième qui est en retrait avec le plâtre au bras est trop petit pour que je puisse bien reconnaître ses traits sur les photos archivées ici au fil des ans.

— Ce dernier m'intéresse moins, pour le moment.

— Laissez-moi quelques minutes, je vais à la salle où l'on entrepose tous nos souvenirs et je reviens.

— Bien, ma sœur.

Pendant ce temps...

Catherine arriva à 7 h 30 au Bureau des archives du Service de police de la ville de Montréal. Elle tenait le journal en main. Le 24/7 affichait en première page la photo de la défunte retrouvée dans le congélateur de Baribeau, des années plus tôt. Photo que la veille, son collègue avait remise à tous les médias écrits et télévisés. Un ami à elle se trouvait derrière le poste d'accueil. Ils avaient tous deux fait leur classe en même temps à l'École nationale de police du Québec, à Nicolet.

— Tu travailles aux archives, Léon ?

— Remplacement. Le vieux grognon de Barry s'est fracturé le poignet durant ses vacances.

— Tu t'es offert ou on t'a imposé ?

— Offert. Mon grand-père y a travaillé dans ses dernières années avant la retraite et il nous racontait un tas de causes passionnantes. Alors, si un jour le poste se libère, j'aimerais bien l'obtenir.

— J'en suis heureuse pour toi.

— Et toi, ça va ?

— Oui. Très bien, merci. Je viens consulter tout ce qu'on a sur les disparitions antérieures à l'an 2000.

— Signe le registre, je t'ouvre la porte et je te prépare un poste de consultation. Je vais le dépoussiérer un peu, dit-il en riant.

Elle prit place devant l'ordinateur du bureau de consultation des archives pour débuter ses recherches sur les femmes disparues avant celles qui apparaissaient sur l'affiche. Léon réapparut quelques minutes plus tard avec une boîte qu'il déposa à côté du bureau. À peine eut-elle allumé l'ordinateur et la lampe de l'appareil de microfiches que son téléphone sonna.

— Oui, allô !

— Catherine Tremblay ?

— Oui, c'est moi !

— Sergent-détective Marcoux du District 21. On m'a dit de vous contacter. Vous devez absolument venir au quai du Vieux-Port.

— Que se passe-t-il ?

— Je ne peux vous en dire plus pour le moment, car l'événement est en cours, mais je crois que c'est en lien avec l'affaire Baribeau...

Un troisième suspect ?

La sœur avait repris place près de Philippe. Elle tenait une série de photos qui remontaient aux cinq années où Patrick Bourgeault avait fréquenté le couvent. Sur chaque photo, posaient trois rangées de jeunes hommes et sur chacune d'elle, Baribeau se trouvait dans la dernière. Il avait l'air d'un adulte sur ces clichés. À chaque extrémité des rangées se tenaient deux sœurs de la congrégation. À côté de celui qui avait été surnommé « le démon », on pouvait apercevoir Patrick, son ami et peut-être complice dans tout ça. Sur trois des photos, le troisième garçon se tenait à côté d'eux. Il ressemblait beaucoup au jeune adolescent de la photo où figuraient les quatre enfants.

— Ce garçon ressemble beaucoup à celui qui est avec eux sur la photo, fit remarquer l'enquêteur.

— Oui. Je vais regarder dans le dossier, car ils sont tous identifiés à leurs rangs respectifs. Attendez voir… Ici, troisième rangée à la cinquième position… Simon Laramée. Mon Dieu, c'est notre homme d'entretien. Je ne l'aurais jamais reconnu sur ces photos.

— Il travaille ici ? fit-il, surpris.

— Oui. Vous voulez que je l'appelle ?

— Oui… Non.

Philippe réfléchissait.

— Attendez. En fait, je préférerais que vous gardiez cette rencontre confidentielle et que vous ne lui en parliez pas du tout. J'aimerais vous donner davantage d'explications, mais ce n'est pas possible pour le moment.

— Vous savez, j'ai l'habitude du silence et des secrets.

— Cela est très apprécié, ma sœur. Vous pourriez me renseigner sur son lieu de résidence et le genre de personne qu'il est ? Est-il assidu ? S'absente-t-il parfois sans raison valable ?

— Oh, non ! Il n'a pas manqué une seule journée de travail. Il occupe un logement à prix modique sur la rue Queen. Je vous laisserai l'adresse à votre départ. C'est un homme réservé qui ne parle pas beaucoup. Il est très intelligent, ça, il n'y a aucun doute, mais il n'a guère de conversation. Il a perdu ses parents lorsqu'il était très jeune et quand il a quitté le couvent, il est allé demeurer en France pour un stage en arts et lettres. Suite à une rupture amoureuse, il est revenu au Québec aux prises avec une profonde dépression. Il n'avait nulle part où aller et nous l'avons recueilli. Je connais très peu de choses de sa vie en dehors d'ici, mais je sais qu'il aime écrire. L'an dernier, il a déjà mentionné qu'il écrivait dès qu'il le pouvait sur son temps libre.

— Dites-moi, il y a longtemps qu'il est revenu au Québec ?

— Douze... Treize ans, peut-être.

— Et pendant cette période, savez-vous s'il a eu des contacts avec Baribeau ou Bourgeault ?

— Non. Pas ici en tout cas. Je le saurais si cela avait été le cas.

— Bien. Merci, ma sœur. Je vais donc vous demander la

confidentialité au sujet de ma visite ainsi que l'adresse de Simon, s'il vous plaît. Aussi, à tout hasard, auriez-vous une photo de lui ?

— Malheureusement, non.

— Comment est-il habillé aujourd'hui, vous vous en souvenez ?

— Vous n'aurez aucune difficulté à le reconnaître. Il a toujours sa veste à carreaux rouges et noirs et son sac à dos *Adidas* à l'épaule. Mais, dites-moi, dois-je m'inquiéter de Simon, monsieur Arsenault ?

— Non, non, soyez sans crainte. C'est une simple vérification de routine, mentit Philippe. Mais je ne dois écarter aucune piste.

Le Vieux-Port de Montréal

Catherine avait dû quitter le Département des archives en catastrophe. Assise au volant de son véhicule, elle avait eu un peu plus de détails de la part du sergent-détective Marcoux. Elle était à présent en route pour se rendre sur les lieux d'une prise d'otage dans le Vieux-Port. Son téléphone sonna, alors qu'elle était à cinq minutes d'arriver sur les lieux. C'était Philippe.

—Nous devons faire court. Je m'en vais sur une prise d'otage possiblement liée à notre enquête, mais je n'en sais pas plus pour le moment.

— À quel endroit ?

— Au Vieux-Port près du quai.

— J'irais bien t'assister, mais je dois te parler d'un truc d'abord.

— Tu as du nouveau suite à ta visite au couvent ?

— Oui, justement. On sait maintenant qui est le troisième adolescent qui se trouvait en compagnie de Roméo et de Patrick. J'ai son adresse et il travaille au couvent. Je n'ai pas voulu le rencontrer immédiatement car si c'est l'un des complices, il sera au courant que l'on est près de la solution à tout ça. S'il panique, on ne saura peut-être jamais où les femmes disparues se trouvent. Qu'en penses-tu ?

— Oui, tu as tout à fait raison et c'est bien joué de ta part de ne pas l'avoir confronté immédiatement. Tu penses à une filature ?

— Exact.

— OK, on s'en reparle. Tu vas t'y mettre tout de suite ?

— Oui, c'est pour cela que si tu n'as pas besoin de moi pour la prise d'otage, je vais tout de suite organiser la filature. Il termine dans quelques heures, cet après-midi et je commencerai à le filer à sa sortie du couvent.

— OK, alors on se tient au courant de tout ça.

— Oui et sois prudente. Je sens que ça avance, car il y a plusieurs éléments qui bougent.

— Oui, je pense la même chose. À plus tard.

— Oui, à plus.

Quand Catherine arriva au Vieux-Port, il y avait déjà un cordon de sécurité. Les curieux étaient tenus à l'écart. Catherine descendit du véhicule et se dirigea directement vers la banderole où elle fut accueillie par le sergent-détective Marcoux avec qui elle avait discuté plus tôt.

— Enchanté, Catherine.

— Pareillement. Qu'est-ce qu'on a ?

— Un homme est barricadé dans le bâtiment qui est là. Il a trois otages, dont une femme et un bébé. Juste avant de s'enfermer dans la bâtisse, il a poignardé trois passants dans la rue, dont deux qui ont essayé d'intervenir quand il s'en est pris à la femme et au bébé. L'un des bons samaritains a été blessé grièvement et on l'a rapidement transporté à l'hôpital. Les témoins n'ont pas vu d'autre arme que son couteau, mais on ne veut courir aucun risque pour l'instant. On essaie d'appeler à l'intérieur au numéro enregistré à ce bâtiment, mais il ne répond pas. D'ailleurs, il a cessé de crier.

— OK et pourquoi dites-vous que ça concerne possiblement l'affaire Baribeau ?

— Toujours selon les témoins, il a lancé le journal de ce matin en direction d'un groupe de jeunes en leur disant que c'était la faute de la police si elle était morte. Qu'il est innocent. Il a également ajouté qu'il l'a dit aux policiers, mais qu'ils ne l'ont pas écouté.

— Il connaîtrait la femme sur la photo que nous avons fait parvenir aux médias ?

— C'est possible, mais vous savez, cet homme peut tout aussi bien être l'un de ces cas de troubles mentaux comme on en voit régulièrement en ville.

— Oui, vous avez peut-être raison, mais je dois lui parler. Il y a un négociateur sur place ?

— Non, pas en ce moment. Il n'a émis aucune demande.

— Bon, alors ce sera moi pour l'instant, si vous n'y voyez pas d'objection. Vous avez un porte-voix ?

— Oui, je vous apporte ça.

Catherine s'avança vers le bâtiment où était censé se trouver le preneur d'otages avec les trois personnes retenues contre leur gré, dont un bambin. Elle tenta de voir par la fenêtre. Beaucoup auraient dit que c'était imprudent de sa part puisqu'elle se plaçait à la vue. Nul ne savait si l'homme avait une arme à feu ou seulement un couteau. Marcoux donna le porte-voix à Catherine. Cette dernière approcha sa bouche de l'objet et un bruit aigu de résonance en sortit. Elle ajusta le bouton du volume.

— Je m'adresse aux personnes qui sont à l'intérieur. Je suis Catherine Tremblay, de la police. J'ai besoin de vous parler. C'est moi qui ai fait publier la photo dans le journal. Je suis responsable de cette enquête. S'il vous plaît, relâchez les otages. Je veux juste discuter avec vous, ne craignez rien. Je vous en prie, répondez au téléphone qui se trouve à l'intérieur.

Ensuite, Catherine baissa le porte-voix et se retrouva les bras le long du corps, en attendant une réponse. Elle se tourna vers Marcoux et lui demanda de tenter la communication de nouveau. Malgré tous les gens sur place, les curieux, policiers et journalistes qui commençaient à affluer, le silence régnait. Tous attendaient de savoir si Catherine obtiendrait une réponse à son message. Cela dura une minute. Catherine allait lancer un nouvel appel quand une petite fenêtre du bâtiment s'ouvrit, mais il était impossible de voir par qui car un rideau cachait l'intérieur. Une voix d'homme se fit entendre :

— Si vous essayez d'entrer, je les tue en commençant par le petit.

— Personne ne va essayer d'entrer, monsieur, on veut juste discuter, cria-t-elle. On cherche à comprendre ce qui se passe.

— Il se passe que c'est à cause de vous autres que j'en suis rendu là, tabarnak ! Ma gang de sacramant ! J'aurais dû apporter un gun avec moi, je vous aurais tous descendus, ma gang de chiens sales !

Tous comprirent alors que le couteau était fort probablement sa seule arme. Catherine continua :

— Vous voulez bien prendre le téléphone à l'intérieur pour qu'on discute ?

— Va chier. Ce que j'ai à dire, je ne veux pas que ça reste entre vous et moi. Je veux que tout le monde entende.

— Comme vous voudrez, ça me va aussi. Est-ce que c'est en lien avec la photo de la femme sur le journal ? La femme retrouvée chez Roméo Baribeau ? Vous la connaissiez ?

— Si je la connaissais ? Calvaire ! C'était la femme de ma vie, ostie ! Elle était tout pour moi. Pis vous ne m'avez pas écouté.

— Je suis là en ce moment justement pour vous écouter,

monsieur. Si vous le voulez, je suis prête à entendre ce que vous avez à me dire.

— Trop tard ! Il est trop tard ! Ma belle Léanne est morte, ostie ! Vous auriez dû m'écouter quand je vous l'ai dit, au lieu de m'envoyer en dedans, ma gang de sans cœur ! EST MORTE, OSTIE !

— Léanne. C'est Léanne la femme dans le journal ? Vous étiez son petit ami ? Parlez-moi de ce qui s'est passé, s'il vous plaît. Je veux juste comprendre et je veux vous aider. Laissez-moi discuter avec vous, mais on peut le faire sans que personne ne soit blessé davantage, monsieur. C'est quoi votre nom ?

— Damien Garneau. Tu ne peux rien faire pour moi, c'est fini. Maintenant que je sais où elle est, je vais aller la rejoindre. Notre père, qui êtes aux cieux...

Comme tout le monde, Catherine entendait le type en train de réciter le Notre Père. Ce n'était pas bon signe. Catherine décida de jouer la carte de la croyance religieuse qu'elle venait de constater chez Damien.

— Damien, attendez un instant. S'il vous plaît, discutez encore un peu avec moi.

— Donne-nous aujourd'hui notre pain de ce...

— Damien, vous savez comme moi que si vous commettez l'irréparable, vous irez en enfer alors que Léanne est sans doute au paradis, vous ne pensez pas ? S'il vous plaît, libérez les gens qui sont avec vous et on continuera de discuter. Je veux juste comprendre.

— Rien à comprendre. Vous interrompez mes dernières prières. Crissez-moi la paix !

— Damien, je vous en supplie, libérez ces gens, car ils ne vous ont rien fait, ni à vous ni à Léanne.

Vingt secondes qui parurent une éternité à Catherine s'écoulèrent. Puis, la porte s'ouvrit. Une femme en pleurs sortit avec un enfant dans les bras. Immédiatement, un membre des forces policières vint à elle pour la soutenir et l'emmener en sécurité à l'écart. Puis, à nouveau l'attente avec pour seul bruit, le reste de la prière.

— Damien, laissez partir l'autre personne.

— Il n'y a plus rien à faire.

De nouveau le silence, puis un cri. Damien sortit en courant, couteau à la main, se dirigeant vers Catherine qui lâcha le mégaphone pour prendre son arme. Elle n'eut pas le temps de l'utiliser…

La filature s'organise

Philippe avait communiqué avec le répartiteur pour envoyer deux agents dans une voiture banalisée, au 347 rue Queen. Ils attendraient l'arrivée de l'individu répondant au nom de Simon Laramée. L'enquêteur Arsenault, quant à lui, était toujours au couvent et attendait la sortie de l'homme sur qui venait de démarrer une filature. Une seconde voiture banalisée se trouvait au même endroit que lui pour qu'ils puissent se relayer au besoin, pendant la filature sur la route. C'étaient de longs instants d'attente où l'on se posait toutes sortes de questions et où quiconque dans sa position en profitait pour appeler sa femme, un ami ou ses enfants, tout en restant concentré sur l'objectif. Puis, quand l'attente s'étirait, on en venait à se demander si la personne n'avait pas échappé à notre attention ou si elle n'était simplement pas sortie par une autre porte qu'utilisaient les employés habituellement. À côté de lui, sur le siège passager, étaient posés des journaux. Le premier était le 24/7 avec la photo de la femme retrouvée dans le congélateur de Baribeau quelques années auparavant, au moment de son arrestation. Le second datait de quatre jours. C'était toujours le 24/7 qui annonçait la mort du chanteur King, aux mains du Maître des énigmes. Jay Harrington était passé chez Philippe, à la campagne, pour prendre de ses nouvelles et lui demander des infos sur l'entreprise du frère de l'enquêteur et son commerce. C'était un plan que son ancien collègue des crimes contre la personne élaborait pour mettre la main au collet du Maître des énigmes. Philippe avait hâte d'avoir des nouvelles de sa collègue partie sur une prise d'otages apparemment reliée à l'affaire sur laquelle ils travaillaient tous deux. La porte située sur le stationnement ouest s'ouvrit et un homme correspondant à la description qu'avait faite sœur Henriette en sortit. Il était vêtu d'une chemise à carreaux rouges et noirs avec un sac à dos

Adidas. Il se dirigea vers la série de voitures garées près d'une grande haie de cèdres, à proximité d'une statue géante de la Sainte Vierge. Il appuya sur son porte-clés et les lumières d'une Ford Taurus noire s'allumèrent. L'homme déposa son sac dans le coffre arrière et prit place au volant. Le véhicule quitta la place de stationnement pour se diriger vers la rue.

— Philippe, à unités de filature un et deux. L'individu porte un pantalon jeans avec un tee-shirt noir et une veste à carreaux rouges et noirs. Il est dans la soixantaine, a les cheveux teints en brun et mesure un mètre quatre-vingts environ. Il a pris place à bord d'une Ford Taurus noire, immatriculée Delta Tango Delta 2-7-3. Il quitte le stationnement et tourne à droite sur la rue principale.

— Équipe un, on a un visuel aussi, on va se tenir derrière vous.

— Équipe deux, on est toujours en position à l'adresse indiquée, on va attendre son arrivée.

— C'est parti, je tourne sur la principale à deux véhicules derrière lui.

Philippe gardait ses distances et avait repéré, après quelques virages, la seconde voiture de filature dans laquelle se trouvait l'unité un. Il y avait pas mal d'activité, dans ce quartier, l'après-midi. L'enquêteur venait de passer le marché public où légumes et produits du terroir tenaient la vedette. C'était tout près d'une grande affiche annonçant une salle de billard, illuminée par des néons même en plein jour. Le suspect, s'il l'était vraiment, s'arrêta à un panneau stop, quelques centaines de mètres plus loin où, ironiquement, il laissa passer une jeune brunette aux cheveux longs avant de repartir. Philippe avait estimé qu'il en avait pour une quinzaine de minutes encore avant d'arriver chez lui, à l'adresse indiquée par sœur Henriette. Le suspect venait de mettre le clignotant à droite.

— Philippe, à unité un. L'individu va tourner à droite. Ce n'est normalement pas le chemin qu'il devrait prendre. Je vais continuer tout droit au *stop* pour vous retrouver plus loin. Je vous laisse la filature momentanément.

— Unité un, on prend place derrière le suspect. Il vient de tourner à droite. On est sur lui dans cinq secondes.

Philippe continua tout droit et accéléra légèrement. Il tourna à droite, puis à droite de nouveau et à gauche au coin de rue suivant.

— Unité un, vous êtes toujours dans la rue des Pionniers ?

— Unité un, affirmatif.

— OK, je suis à quelques centaines de mètres derrière vous, je m'approche.

— Le suspect entre dans le stationnement du Marché Beauséjour.

— OK, je vois l'affiche du commerce, je suis tout près.

— Il vient de se garer. On est un peu plus loin, car on a tourné sur la rue Dubé. Il descend de son véhicule.

— Visuel sur lui, j'entre dans le stationnement. Il va vers le commerce. Je veux que l'un de vous deux entre dans le commerce. J'ai besoin de savoir s'il prend de grandes quantités d'un même produit, ce qu'il achète, si c'est de la nourriture pour une, pour quatre ou pour huit personnes.

— Compris, on sera dans le stationnement dans dix secondes et à l'intérieur dans trente secondes.

Philippe voulait s'assurer des achats, pour obtenir un indice potentiel sur le nombre de personnes que Simon avait l'intention de nourrir. S'il était complice de Baribeau et qu'il avait pour tâche de surveiller les femmes kidnappées, peut-être allait-il faire des achats de subsistance.

Dommages collatéraux

Le corps de Damien Garneau était sous un drap jaune et les techniciens en scènes de crime toujours sur place. Les armes de trois policiers avaient été saisies pour l'enquête, puisqu'il y avait eu coups de feu et mort d'homme. C'était la procédure habituelle dans ce genre d'événements. Tout s'était passé très rapidement. Catherine avait à peine eu le temps de dégainer pendant que Damien courait dans sa direction en menaçant de se servir du couteau contre elle. Trois policiers avaient fait feu pour la protéger de l'attaque. Sept balles avaient été tirées dont cinq avaient touché leur cible. Les deux autres s'étaient logées dans le mur du bâtiment. Le corps venait à peine de tomber lourdement sur le pavé, après ce qu'on appelait dans le jargon « un suicide par policiers interposés », que Catherine se précipitait déjà vers la porte du bâtiment où devait se trouver le troisième otage. Au départ, elle n'aperçut que les jambes et la mare de sang sur le plancher de bois franc. Le reste du corps était dans la première pièce de droite. La victime, un homme dans la cinquantaine, avait la gorge tranchée d'une oreille à l'autre. On ne saurait jamais si c'était grâce à l'appel à la chrétienté de Catherine concernant le paradis ou l'enfer, ou par pitié que l'homme, dans sa grande détresse, avait laissé la vie sauve à l'enfant et à sa mère. L'image qu'elle avait devant elle était triste autant que dégoûtante. Cet homme s'était levé ce matin comme tous les autres de sa vie et tout bonnement, il était tombé par hasard sur un désaxé armé. Sa vie se terminait sur le plancher d'un commerce, la gorge tranchée, vidé de son sang. Il avait sans aucun doute eu une minute d'agonie. Avait-il pensé à une femme ? À ses enfants, ses petits-enfants s'il en avait ? À la femme et son bébé ? À un coup de main inespéré avant de sombrer dans l'inconscience et puis la mort ?

— Catherine, ça va ? dit Marcoux venu la rejoindre à l'intérieur.

— Oui, merci. Je suis désolée, j'aurais voulu qu'il en soit autrement.

— Ne soyez pas désolée, sa décision était probablement déjà prise.

— S'il vous plaît, je vais vous demander de me faire parvenir tout ce que vous avez sur cet homme le plus rapidement possible. Vérifiez qui il est et qui était cette Léanne dont il a parlé, celle qui serait possiblement la femme sur la photo du 24/7. Je peux compter sur vous ?

— Absolument, je m'y mets immédiatement et je vous envoie ça sous peu. Vous êtes sûre que ça va aller ?

— Autant que ça puisse aller quand on assiste à la mort de deux personnes en direct je dirais, mais oui, c'est gentil de vous en inquiéter.

Déjà, dans les médias, les avertissements d'images choquantes apparaissaient dans une mention de nouvelles de dernière heure. Puis, les images captées lors du drame ayant eu lieu quelques minutes auparavant passèrent en boucle sur toutes les chaînes de télé ou presque.

On fait quoi ?

C'était une fin de journée sous le signe de l'impuissance et de l'attente de part et d'autre. Philippe patientait. L'individu était toujours chez lui. Son arrêt au supermarché s'était résumé à l'achat d'un pain et d'un litre de lait. L'enquêteur avait donné congé à l'unité un qui reviendrait pour la nuit, en milieu de soirée. L'unité deux assurerait la transition. Philippe resterait pour une heure encore et partirait ensuite jusqu'au lendemain, mais il avait des doutes sur l'implication possible de Simon. La filature devenait plus facile maintenant que le GPS avait été aimanté sous le véhicule de ce dernier, à l'arrière. Tous ses déplacements, sa vitesse et ses temps d'arrêt apparaissaient désormais à l'écran d'ordinateur de Philippe. Cette façon de faire permettait de suivre aisément une cible à distance sans courir le risque de se faire repérer. Catherine lui avait envoyé un SMS disant qu'elle l'appellerait sous peu. Quant à elle, elle était de retour à son appartement. Elle était sous la douche. Des images s'imposaient d'elles-mêmes dans sa tête. Elle revoyait cet homme à la gorge tranchée. Elle revoyait Damien, se précipitant vers elle, un couteau à la main. Elle savait qu'elle en aurait pour quelques nuits à se réveiller en sursaut, en entendant des coups de feu. Les trois fois où elle avait assisté à une scène impliquant des tirs, elle avait eu ce problème. Elle allait endurer ce cauchemar, revoir les images défiler et les coups de feu qu'elle entendrait dans son sommeil profond la réveilleraient. Pour le moment, ce simple plaisir de l'eau chaude qui coulait sur sa peau lui faisait grand bien. Ces femmes étaient-elles en vie ? Chaque journée passée sans les avoir retrouvées pesait lourd sur sa conscience et sur celle de Philippe. Elle sortit de la douche pour n'enfiler que sa robe de chambre noire et se dirigea vers la cuisine. Elle était revenue depuis peu à son blond naturel. La teinture brune temporaire qu'elle s'était fait faire chez sa coiffeuse pour la rencontre avec Baribeau était chose du passé. Elle songea à ce monstre et à son souffle brûlant. Ce salaud avait dû faire souffrir chacune d'entre elles de façon horrible. Elle mit un fond de framboises congelées dans le mélangeur, une banane, elle versa le sirop d'érable durant cinq secondes directement depuis la conserve, puis un œuf et du lait. Elle appuya pour mélanger le tout, s'en versa un verre qu'elle prit d'une main et saisit son téléphone de l'autre, en composant le numéro de Philippe.

— Salut !

— Salut, Philippe, ça va ?

— Oui. C'est long.

— Je te comprends. Tu rentres sous peu d'après ce que tu me disais par texto ?

— Oui. Toi, raconte-moi.

Catherine lui raconta la scène en détail. Elle ajouta qu'elle attendait toujours des informations sur Damien et qu'elle était convaincue que cet homme disait vrai au sujet d'une certaine Léanne qui serait la femme du congélateur.

— J'en saurai davantage dès que le sergent-détective Marcoux me rappellera. Parle-moi de Simon.

— Je doute qu'il fasse partie de l'affaire des 35 doigts d'un démon.

— Pourquoi ?

— Le GPS est posé sous sa voiture. Celui qui l'a installé a été en mesure de prendre l'odomètre en photo. Simon possède ce véhicule depuis deux ans. L'odomètre est à seulement 21945 kilomètres. On est en pleine ville. Si on regarde notre théorie de plus près, Roméo Baribeau est incarcéré depuis plusieurs années. En supposant que Patrick Bourgeault soit l'un de ses complices, il est mort il y a près de deux ans. Si Simon est le complice que l'on cherche, il a fallu qu'il se rende au moins nourrir ces pauvres femmes. Comme nous en avions discuté, ça me surprendrait beaucoup que ces femmes soient tenues captives depuis tout ce temps en ville. Encore moins dans l'appartement qu'occupe Simon au troisième étage. Donc s'il avait dû voyager pour aller s'occuper des otages, il aurait un kilométrage plus élevé sur son véhicule.

— Bon raisonnement. On fait quoi alors le concernant ? Que suggères-tu ?

— Je suggère d'attendre son retour du travail demain pour voir s'il ne va pas dans un lieu où les femmes seraient détenues. Je ne veux pas le faire pendant qu'il se rend au couvent, car s'il est au courant de quelque chose, nous n'aurons pas le contrôle sur le téléphone qu'il pourrait utiliser pour aviser quelqu'un d'impliqué. Donc, ce soir je ferai les démarches pour obtenir un mandat d'écoute et de saisie. S'il revient directement de son travail demain, je l'intercepterai à son domicile et procéderai à une perquisition. On écoutera ensuite sa ligne pour voir s'il panique et qui il pourrait appeler. On trouvera peut-être, dans son ordinateur ou en fouillant sa demeure, quelque chose l'impliquant ou le disculpant. De toute façon, par la suite nous l'aurons encore à la trace via le GPS.

— Excellent, faisons comme ça. J'ai eu un appel. La nouvelle affiche préparée par Emmy est prête. Tu pourrais passer la chercher demain ? Je ne serai pas au bureau. Je vais me préparer. Il faut que je rencontre Baribeau de nouveau. Je dois savoir s'il est au courant que son ami Patrick est mort. Si c'était lui son complice et qu'il ne sait pas qu'il est mort, ça veut dire que les femmes sont mortes également faute de geôlier pour s'occuper d'elles.

— Il faut souhaiter que non…

Qui est Roméo Baribeau,
dit « le démon » ?

Philippe était passé au bureau dans la matinée de cette journée pluvieuse pour aller chercher l'affiche avec le portrait des femmes disparues et identifiées. La veille, Emmy Jane avait terminé son travail. Ce fut ensuite une longue journée d'attente pour enfin voir Simon Laramée arriver et garer sa Ford Taurus devant l'entrée de l'immeuble de six appartements où il habitait. L'enquêteur remarqua également la voiture de l'unité un juste derrière.

— OK, on procède, ordonna Philippe.

— Bien reçu.

Les gyrophares des trois véhicules de filature s'activèrent dans le haut de leur pare-brise. Simon fut surpris de voir les lumières avisant de la présence policière et cinq hommes s'approcher de lui.

— Vous êtes Simon Laramée ?

— Oui. Mais qu'est-ce qui se passe ?

— Je suis Philippe Arsenault, enquêteur de police au Département des affaires non résolues. J'aurais quelques questions à vous poser.

— Pourquoi ? Je veux dire, je n'ai pas de problème, je vais répondre à toutes vos questions, mais pourquoi vous m'arrêtez ?

— On ne vous arrête pas, monsieur. On a besoin de votre collaboration et je vous demanderai de me suivre au poste. J'aimerais discuter avec vous de Roméo Baribeau. Je vous avise aussi que par mesure exceptionnelle et préventive dans l'affaire sur laquelle j'enquête, j'ai obtenu un mandat de perquisition pour fouiller votre appartement et saisir vos ordinateurs, tablettes et autres, ainsi que votre cellulaire. Je vais vous demander de me le remettre et d'embarquer dans le véhicule de mes collègues. Ils vont vous emmener au poste.

On se retrouve là-bas.

— Roméo ? dit Simon abasourdi.

L'un des policiers accompagna Simon jusqu'à la voiture banalisée de l'unité un. Philipe donna pour instructions à l'unité deux de fouiller les appareils sur place avant de les emporter et de l'informer de toute découverte. Il prit la direction du bureau, suivi de l'unité un. L'unité deux attendit l'arrivée des collègues qui allaient s'occuper de la saisie pour leur donner les instructions laissées par Philippe. Ce dernier retrouva Simon dans la salle d'interrogatoire trente-sept minutes plus tard.

— Bonjour Simon. Je veux juste vous signaler que vous avez accepté de répondre à mes questions et que vous n'êtes pas en état d'arrestation. Vous êtes donc libre de partir à tout moment.

— Je n'ai pourtant pas eu l'impression d'avoir le choix.

— Vous l'avez, je vous assure.

— Non, non ! J'ai rien à me reprocher, mais j'aimerais savoir ce qui va arriver à mes affaires concernant la perquisition ?

— C'est une simple vérification importante dans une enquête menée par ma collègue Catherine Tremblay que j'assiste dans cette affaire. Si on ne trouve rien susceptible de nous intéresser, tout vous sera restitué dans les plus brefs délais.

— Vous voulez savoir quoi à propos de Baribeau ?

— Juste avant, je dois vous mentionner que notre conversation est enregistrée et filmée.

— Je n'ai pas de trouble avec ça.

— Baribeau, vous le connaissez ?

— Oui. On a été ensemble au couvent où je travaille.

— Vous l'avez vu dernièrement ?

— Non. Je ne l'ai jamais revu depuis que j'ai quitté le couvent. Je veux dire, je l'ai vu dans les journaux comme tout le monde après ce qu'il a fait à ces femmes-là, mais en personne, non.

— Jamais ?

— Non, jamais.

— Vous étiez de bons amis au couvent, non ? Vous me confirmez que c'est vous sur la photo ?

L'enquêteur avait sorti la photo où Simon apparaissait avec Roméo, Patrick et un autre adolescent en arrière-plan. Simon la regarda attentivement.

— Mon Dieu, ça remonte à loin, dit-il, le sourire en coin,

se rappelant son enfance. Vous l'avez prise où cette photo ? Je n'en ai aucune de cette époque, ça me fait tout drôle.

— Camille Bourgeault.

— La sœur de Patrick ?

— Exact. Je ne sais pas si vous le saviez, mais votre ami Patrick est décédé il y a deux ans.

Simon regarda en l'air en soupirant. Puis, de nouveau, il posa les yeux sur la photo.

— Vous voulez un café, monsieur Laramée ?

— Vous avez une boisson gazeuse ? Un cola ?

— Je vous fais apporter ça.

Philippe se leva et rejoignit le policier qui était de l'autre côté de la porte. Puis, il revint s'asseoir face à Simon.

— C'était une autre époque, vous savez ? On était inséparables. Le petit en arrière-plan avec le plâtre était notre souffre-douleur. Il voulait tellement être notre ami. C'est Roméo qui lui a brisé le bras parce qu'il était irrité de voir *Pot de colle* nous suivre partout. Ce dernier l'avait dénoncé dans une histoire de mauvais coups qu'on avait tous faits ensemble.

— *Pot de colle* avait un nom ?

— Oui. Désolé, c'est tout simplement comme ça que nous

le surnommions. Son véritable nom est Joseph Price.

— Vous savez ce qu'il est devenu ?

— Aucune idée, mais si je le revoyais un jour, je me confondrais en excuses. Qu'est-ce que nous lui en avons fait baver à ce jeune !

— Parlez-moi de Baribeau. Je vous repose la question, mais sachez que si vous me mentez, vous pourriez être accusé d'entrave à une enquête policière. Vous ne l'avez jamais revu depuis le couvent ?

— Je n'ai pas l'intention de vous mentir, monsieur. Non, jamais je n'ai revu cet homme. D'ailleurs, j'avais cessé de le fréquenter dans les derniers mois où j'étais au couvent.

— Pourquoi ça ?

— Il était devenu très agressif, disons, pour ne pas dire carrément violent depuis son accident.

— De quel accident parle-t-on ?

— Celui qui a rendu sa voix si bizarre. Comme s'il avait plusieurs voix en une. Il a chuté dans les escaliers du couvent. Les mauvaises langues, et c'est aussi ce que je pense, racontent que c'est carrément une tentative d'assassinat de la part de la mère supérieure et de quelques sœurs qui auraient, disons, comploté, pour le tuer. Il a été retrouvé au petit matin, dans le bas de l'escalier, par les autres étudiants.

— Quand vous dites la mère supérieure, vous ne parlez pas de sœur Henriette ?

— Non, à l'époque c'était sœur Marion.

— Pourquoi la mère supérieure et quelques religieuses auraient-elles comploté pour faire assassiner Roméo ? Ça me paraît plutôt insensé, non ?

— Pas tant que ça, mais avant que je vous raconte, vous me promettez que l'enregistrement que vous faites de cette conversation ne sera pas entendu par les personnes du couvent ?

— Promis.

La prison

Cette fois-ci, elle ne se fit pas de teinture brune. Elle garda son blond naturel. Elle marchait dans un couloir qui ne ressemblait en rien au lieu où elle avait rencontré le démon, la première fois. La salle où elle pourrait s'entretenir avec Roméo était à l'abri de tout contact entre elle et le prisonnier. Les prisonniers étaient assis d'un côté et, en face d'eux, les visiteurs. Entre eux, il y avait un comptoir immense et une vitre pare-balles qui résistait également à tous genres d'impacts. Pour communiquer, un téléphone à ligne directe était positionné de chaque côté de la vitre. Elle prit place au poste huit, comme on le lui avait indiqué. Déjà, Catherine entendait la conversation de la femme d'à côté qui était axée sur l'érotisme et les caresses qu'elle ferait à son interlocuteur à sa sortie de prison.

— Deux ans *babe*, pis je vais te faire la pipe de ta vie. Toutes les pipes que tu veux, *babe*. As-tu reçu la photo de mes seins ?

L'homme face à elle, un haltérophile de bonne grandeur en apparence, avait presque l'écume aux lèvres. Son visage était entièrement tatoué. Catherine détourna le regard. Le géant était en approche. On ne voyait pas son visage. Ses cheveux gris descendaient jusqu'à sa barbe de Viking. Il était aussi impressionnant que la première fois qu'elle l'avait vu. Davantage même. Arrivé devant le poste huit, seuls le comptoir et la vitre séparaient Catherine de celui qui était surnommé « le démon ». Il pencha la tête vers l'avant et rapidement, il la renvoya vers l'arrière pour que ses cheveux se dégagent de son visage. Ainsi, Catherine put découvrir les yeux du monstre. Des yeux couverts d'un voile blanc et gris. Ce seul regard devait en effrayer plus d'un derrière ces murs. Roméo sourit à la vue de Catherine et prit place sur la chaise, beaucoup trop petite pour ses deux mètres dix-sept. C'est lui qui saisit le téléphone le premier. À son tour, Catherine prit le sien, lui donnant directement accès à la voix troublante de cet homme aux dimensions surhumaines.

— Toc, toc, toc.

— Qui est là, main du paradis ?

Il regardait la main de Catherine qui tenait le téléphone.

— Celle qui aurait quelques questions.

— Je ne sais pas trop, Catherine. La dernière fois que je t'ai parlé, je me suis retrouvé en prison.

— C'est la place qui vous revient.

Roméo leva la tête pour regarder la vitre qui montait jusqu'au plafond, puis y posa son énorme main avant de la remettre en place, sur le comptoir.

— Cette vitre te donne beaucoup de courage. Tu sembles moins effrayée que la première fois, mais tout aussi impressionnée.

— J'ai quelques questions, Roméo.

— Lance toujours…

L'interrogatoire

Philippe poursuivait sa conversation avec Simon, l'ami d'enfance de Roméo Baribeau.

— Tout a commencé le jour où Roméo, Patrick et moi sommes allés dans le jardin du couvent et qu'on a alors décidé de manger à notre faim. On a un peu exagéré. Roméo s'est rendu compte que ça ne pourrait pas passer inaperçu parce que de surcroît, on avait fait exprès de piétiner quelques plants de radis, car on n'aimait pas les radis. On se disait que si on les bousillait, les sœurs ne pourraient pas nous en servir pour le repas, vous voyez ? Roméo a donc décidé d'attirer *Pot de colle* dans un guet-apens. Il a dit à *Pot de colle...* ben, Joseph je veux dire, que s'il prenait le blâme pour le jardin quand les sœurs poseraient des questions, il pourrait devenir ami avec nous, mais Joseph a refusé. Il avait peur d'avoir la fessée. Roméo est devenu furieux, il lui a saisi le bras et l'a cassé devant nous, comme si c'était un vulgaire petit bout de bois. La mère supérieure est venue dans la classe cet après-midi-là et c'est là que tout a commencé.

— Qu'est-ce qui a commencé, Simon ? demanda Philippe.

— Il faut comprendre qu'à l'époque, ça ne se passait pas comme aujourd'hui. Les élèves dormaient au couvent. Les parents n'avaient plus aucun droit ou presque sur leurs enfants, une fois placés aux mains des religieuses. Cet après-midi-là, la mère supérieure a demandé à Roméo de venir à l'avant de la classe. Elle l'a invectivé pour avoir brisé le bras de Joseph. Puis elle a entrepris de lui donner la fessée devant tout le monde. Mais la règle de la mère Marion se buta à un truc dans le pantalon de Roméo. Ce con avait gardé quelques carottes dans ses poches pour les manger plus tard dans notre chambre. Elle a compris qu'il les avait prises dans le jardin. Elle est allée à la fenêtre de la classe, car on pouvait y voir en partie le jardin. Quand elle a découvert ce qu'on avait fait,

123

elle est devenue furieuse. Elle ne savait pas pour moi et Patrick, mais Roméo, lui, ne pouvait pas nier. Elle est allée derrière lui et a tiré ses pantalons vers le bas d'un coup sec. Elle a même, par inadvertance j'imagine, entraîné la culotte de notre ami à la hauteur des genoux. Elle y est allée tellement fort que ses ongles ont griffé au sang la cuisse de Roméo. Ce fut l'humiliation totale pour lui qui se retrouvait nu devant tout le monde. La sœur qui dispensait le cours était justement sœur Henriette, l'actuelle mère supérieure. Sœur Marion, en donnant les coups de règle sur les fesses de Roméo, a vu sœur Henriette qui le regardait. Mais elle le fixait en ayant les deux mains sur la bouche, comme surprise. Sœur Henriette regardait là, vous voyez ?

— Le pénis ?

— Oui, le pénis. Il faut comprendre que, déjà à cette époque, Roméo avait ce handicap, si je puis dire. C'est comme immense, je crois que c'est le bon mot. Alors, textuellement, je m'en souviendrai toujours, la mère Marion a dit : « C'est qu'il est pourvu plus qu'un homme ». Elle a continué de le frapper sur les fesses, en gardant son regard sur le membre de Roméo. Ça a duré quelques minutes. Les fesses de Roméo étaient en sang.

— Vous aviez quel âge à ce moment ?

— Quinze ans, mais, Roméo en avait seize, je crois. La nuit venue, on dormait tous trois par chambres. On n'avait que notre lit, une petite table de chevet et un unique bureau de rangement avec deux tiroirs pour chacun. Roméo, Patrick et moi, on dormait dans la même chambre. Roméo pleurait sans arrêt de douleur et à cause de l'humiliation subie. Soudain, on a entendu à la porte.

— Entendu quoi ?

— Trois coups. Toc, toc, toc. Puis, la porte s'est ouverte. C'était la mère supérieure. Elle est entrée et elle a refermé derrière elle. Patrick et moi avons fait semblant de dormir, car on croyait qu'elle avait appris que nous avions participé aussi. Mais non, elle est allée s'asseoir sur le lit de Roméo. La dernière chose que j'ai vue c'est qu'elle avait relevé sa robe, puis j'ai fermé les yeux. Mais j'entendais tout. C'était effrayant. Elle lui a dit : « Tu sais ce que c'est Roméo ? » Il ne répondait pas. J'ai entendu ensuite : « C'est le péché, mon péché », lui a-t-elle dit. « Le péché des garçons il est différent. Baisse ton pyjama » j'ai entendu. Elle a ajouté : « Tu as mal, mais là je vais te faire du bien. N'en parle à personne ». J'ai compris ce qu'elle faisait. La folle lui expliquait des trucs dingues du genre : « Tu sais pourquoi c'est avec la main gauche que je prends ton péché ? Parce que la main gauche est celle du péché. Tu te souviens ? Quand tu es arrivé ici, tu tenais ton crayon de la gauche et tu avais droit à la règle. C'est parce que tu utilisais la main du péché exactement comme je le fais en ce moment… » Désolé, ça me dégoûte de me rappeler ce souvenir. Le lendemain, je me suis demandé si je n'avais pas rêvé. Mais j'ai eu ma réponse la nuit suivante. Ça s'est répété tous les soirs. La mère supérieure d'abord, puis sœur Henriette ensuite et plusieurs autres dans les semaines et les mois qui ont suivi. Elles venaient toutes le toucher et le masturber. Elles cognaient trois coups à la porte, elles refermaient après être entrées et voilà. La main gauche du péché, puis voilà quoi ! La seule ou presque qui ne l'a pas touché et qui n'est jamais venue dans la chambre, c'est sœur Cathy Cesnik. Même que Roméo, qui commençait curieusement à prendre goût à ce jeu, si je peux dire ainsi, faisait des avances à sœur Cesnik. Elle a trouvé ça bizarre. Elle est venue nous voir un soir, car une fois Roméo a pris la main gauche de sœur Cathy pour la mettre sur son entrejambe et elle l'a giflé. Il lui a dit qu'il ne comprenait pas pourquoi elle refusait, car les autres le faisaient. Il n'en fallait pas davantage pour sœur Cesnik. Non seulement elle est allée confronter Marion à son bureau, mais elle nous a rencontrés Patrick et moi pour nous poser des questions. On lui a tout raconté. Le lendemain, le même toc, toc, toc s'est fait entendre. La mère supérieure a recommencé le manège quotidien avec Roméo. Puis, pendant l'acte, la porte s'est ouverte avec fracas. C'était sœur Cathy qui a surpris en flagrant délit la mère supérieure. Elle lui a dit : « Vous êtes une honte pour notre communauté. Je vais faire mention de votre comportement dans une lettre adressée directement à l'évêque de la paroisse ».

— Elle a donc dénoncé les actes odieux ?

— Non.

— Pourquoi, non ?

— C'est la dernière fois que l'on a vu sœur Cesnik vivante. Puis, le lendemain, c'est Roméo que l'on retrouvait inconscient, entre la vie et la mort, au bas de l'escalier. Le corps de sœur Cathy a été découvert une semaine plus tard, sur le haut d'une butte dans la forêt. La version qui a été donnée est que sœur Cesnik aurait surpris un cambrioleur dans le couvent et que Roméo s'était réveillé après avoir entendu du bruit. Il se serait levé et aurait vu le cambrioleur, lui aussi. Cambrioleur qui n'a jamais été arrêté. Vous savez, monsieur, dans le temps, personne n'amenait en justice un membre de l'Église catholique. Vous n'avez qu'à penser à l'affaire Delorme, le curé qui a assassiné son frère quelque temps avant les incidents dont je vous parle en ce moment. Il y a quelques années, j'ai vu comme tout le monde aux nouvelles télévisées ce qu'avait fait Baribeau. Toutes des femmes au physique ressemblant à celui de sœur Cesnik. La seule main masturbatrice qui n'a jamais touché son péché à lui.

Les flammes de l'enfer

Catherine continuait sa conversation avec le démon à l'intérieur de la prison à sécurité maximale.

— Je sais que la femme dans ton congélateur n'était pas ta femme, mais bien Léanne Lizotte, disparue en 1991. C'est son conjoint de l'époque, Damien Garneau, qui a été accusé à ta place et fait douze ans de prison, suite à des aveux obtenus après dix-sept heures d'interrogatoire. J'ai appris son identité hier soir, grâce à l'appel d'un collègue. Tu as sûrement vu l'incident dans les journaux de ce matin ou à la télé hier ?

— Bien sûr que j'ai vu. Te voilà plus rusée que je ne le pensais, mais il faut avouer que ce n'était qu'une question de temps avant que son identité ne soit connue, non ?

— Aussi, j'ai vu Camille Bourgeault, il y a peu de temps.

Roméo repoussa une fois de plus ses cheveux vers l'arrière d'un brusque balancement de tête.

— Est-ce qu'elle est toujours aussi jolie ? Patrick ne voulait pas que je l'approche. C'était marrant, car elle se teignait les cheveux à sa demande pour ne pas que je sois attiré par elle.

— Ça fonctionnait ?

— Pas toujours. Sa chatte me rappelait sa couleur naturelle.

Catherine resta silencieuse un instant devant cette réponse vulgaire et révélatrice.

— Donc, vous admettez que vous connaissiez Patrick?

— J'ai envie de te citer un poème que j'ai écrit dans ma petite cellule sur un lit beaucoup trop petit. Tu veux l'entendre ?

— Ai-je le choix ?

Roméo se lança à réciter une poésie morbide en plantant son regard droit dans celui de Catherine.

Un fond de passion

Une parcelle d'émotion

Ces mains, cette pulsion

Je te demande pardon.

Ce dessin sur ta peau si chaude

Cette coulée rouge dans mon dos

La douce caresse de cette larme de sang si tendre

Amène mon âme dans une quête si grande

Ces mains, ces doigts

Ce frottement si sournois

Ce frisson, elles sont à moi

M'emmène dans ce gouffre si narquois.

En moi cet instinct de survie

Mais de tes mains j'ai si envie

Ce désir en moi est assouvi

Pour l'extase je mise ma vie

Tes mains sur mon cou, je me sens ivre

En un instant je ne veux plus vivre

Je sais qu'il ne me reste qu'à survivre

Survivre, à cette main de cuivre.

— Pourquoi me réciter cette poésie ? Vous évitez le sujet,

Roméo.

— Moi j'évite le sujet Catherine ? Moi ! Je te raconte cela, car je prends de grands détours comme tu le fais. Sois directe comme la première fois que l'on s'est vus. De quoi as-tu peur ? Tu es venue ici tester ma réaction alors que tu t'apprêtes à m'annoncer la mort de Patrick pour voir si je suis surprise. Si c'était le cas, s'il avait été mon complice et gardait les femmes en vie, et bien, son décès signifierait automatiquement que les captives sont mortes, n'est-ce pas ?

Elle se tut un instant, effrayée par cette triple voix en une, comme tout droit sortie des bas-fonds de l'enfer. Elle regarda Roméo, quelque peu incrédule devant cette faculté qu'il avait à lire les pensées et les intentions des gens.

— Toc, toc, toc.

— Qui est là ?

— Celle qui a une question sans détour.

— Je t'écoute, Catherine.

— Est-ce que lors de notre première rencontre, vous saviez que Patrick Bourgeault, votre ami, était décédé ?

— Est-ce que ce que je dis ici peut être retenu contre moi ?

— C'est votre parole contre la mienne. Les autorités n'ont pas le droit d'écouter nos conversations sauf sous mandat.

— J'ai bien envie de tenter cette parole contre la tienne, alors je te répondrai que je savais que Patrick était décédé. Eh oui, les femmes sont toujours en vie, ajouta-t-il avec un rictus bien compris par Catherine qui ne fit pas attendre sa réplique :

— Il a été votre complice et vous avez donc un second complice, Roméo. Je vais le trouver. Je vais libérer ces femmes et vous faire pourrir dans cette prison. Je vous en donne ma parole.

— Tu as eu ce que tu voulais et maintenant, pars avant que je ne défonce cette vitre et te saute à la gorge.

Elle se demanda un instant s'il en serait capable.

— Toc, toc, toc, Roméo.

— Qui est là ? Celle qui commence à user de ma patience ?

— Celle qui une fois de plus ne prendra aucun détour pour poser une question.

— Sois prudente, tu joues à un jeu dangereux, main du paradis.

— Qui protèges-tu ? Qui, Roméo ?

Sans attendre, la rage dans ses yeux grisâtres, sourcils froncés, il frappa la vitre de sa paume de main avec force. Catherine et tous ceux qui étaient présents sursautèrent. La vitre avait maintenant une fissure de plus de trente centimètres. Roméo lui-même fut surpris de voir le résultat et c'est sans attendre qu'il ferma le poing pour frapper plus fort. Il repoussa, ensuite, tel une vulgaire poupée de chiffon, le premier gardien de prison à intervenir. La vitre était maintenant fissurée de haut en bas. Roméo, tout en regardant Catherine qui s'était levée en reculant, saisit son voisin qui plus tôt conversait avec sa conjointe de douces caresses. Il leva l'haltérophile, sans même forcer, pour le projeter de toutes ses forces dans la vitre. Une éclaboussure de sang jaillit du crâne du détenu qui, en retombant sur le comptoir, arracha le téléphone du mur. La conjointe du prisonnier était devenue hystérique et criait sans arrêt. L'alarme se fit entendre. Roméo repoussa de toutes ses forces deux autres gardiens avant de reprendre le détenu inconscient au bout de ses bras. La vitre était fissurée de toutes parts, prête à céder. Le regard de Roméo portait les flammes de l'enfer. Il projeta de nouveau l'individu dans la vitre qui se fracassa, envoyant le prisonnier qui avait servi de bélier aux pieds de Catherine. Alors que le démon s'apprêtait à traverser, il reçut plusieurs décharges de fusils à impulsions électriques tirées par les gardiens…

En un lieu inconnu

— On suit le plan qu'il nous a dicté, un point c'est tout.

— Théo, je ne suis pas sûr que ce soit la bonne chose à faire.

— Ce n'est pas comme si tu avais le choix, Maurice. En attendant, tu vas distribuer les repas. Fin de la discussion.

Maurice ne sentait pas qu'il avait le choix, en effet. Les ordres à suivre venaient maintenant de son grand frère. Il passa à la cuisine. Il mit une trentaine de minutes, tout au plus, pour préparer une grande quantité de pâtes auxquelles il avait ajouté trois boîtes de jus de tomates. Rien d'autre. C'était le menu de la semaine. La semaine suivante ce serait du riz. Il déposa une assiette de pâtes sur le plateau ainsi qu'un bol contenant une plus petite quantité de ce même repas. Il devait préparer plusieurs de ces plateaux, mais il n'en servait qu'un à la fois. Il quitta la demeure et marcha dans l'herbe haute. Il arriva à un endroit où, au sol, il n'y avait plus d'herbe du tout, qu'une surface de terre brune et sèche ainsi qu'un cercle de métal. Sur ce cercle, une poignée qu'il devait tourner pour permettre l'accès. Il déposa le plateau au sol, tourna l'écoutille et ouvrit la lourde porte. À l'intérieur se trouvaient trois personnes : une femme dans la mi-trentaine, un enfant de cinq ans se cachant le regard d'une main pour se protéger de la douleur provoquée par la lumière soudaine dans cette obscurité totale. Le troisième était un bébé âgé de dix-neuf mois. Il pleurait. Maurice passa la tête dans l'ouverture pour regarder à l'intérieur ; une vue d'ensemble grâce à une lampe torche qu'il avait décrochée de sa ceinture. Dans le coin, il vérifia la quantité d'eau du réservoir, puis la chaudière d'excréments dans le coin opposé. Elle n'était remplie qu'au tiers de la quantité possible. Il attendrait le surlendemain pour la vider. Pour l'odeur, tout le monde y était habitué et avait appris à vivre avec. La femme et l'enfant avaient toujours la cheville menottée et enchaînée.

— Pourquoi il pleure ?

— Mon lait n'est pas des plus nourrissants avec ce qu'on a comme menu depuis quelque temps. S'il te plaît, Maurice, il me faut quelque chose de plus nutritif pour le petit et pour Jérôme.

Il garda le silence durant quelques secondes en continuant son observation.

— Je vais voir pour demain, mais aujourd'hui je n'y peux rien.

— Merci. Il faut d'autres chandelles. Nous sommes dans le noir total depuis cette nuit.

— Tu en as déjà brûlé trois cette semaine.

— C'est pour les yeux des enfants, tu comprends ?

Il comprenait parfaitement. Il avait déjà été à la place du bébé, dans un autre abri souterrain semblable. Il avait aussi été à la place du petit Jérôme qui le regardait avec insistance.

— Je t'apporterai deux chandelles de plus par semaine. Tu veux me dire quelque chose, Jérôme ?

Le petit regarda d'abord sa mère. Puis, il fixa difficilement Maurice, à cause de la lumière du jour. Il ne percevait que le haut du corps de cette silhouette. Celle d'un adolescent de seize ans dénommé Maurice.

— Est-ce que je pourrai sortir bientôt ? Je veux sentir encore les feuilles.

— Tu sais que c'est chacun votre tour. Il y en a deux avant toi et ce sera à toi ensuite. Donc, dans deux dodos, ce sera ton tour.

Le jeune Jérôme regarda sa mère avec un sourire qu'elle lui rendit timidement. Elle retenait ses sanglots. Maurice regarda à ses pieds sur le sol de terre sèche et prit une pierre qu'il déposa sur le plateau.

— J'apporte votre repas. Je dépose le plateau sur la tablette. Jérôme, il y a une surprise pour toi. C'est une petite pierre. Quand tu reçois ton biscuit le soir, ça veut dire que la journée est terminée. Alors, tu prends la pierre et tu la frottes sur le métal de l'un des murs. Un trait blanc se dessinera. Quand tu auras fait deux marques, ça voudra dire qu'après ton dodo, ce sera ton tour d'aller passer quelques heures à l'extérieur. Ensuite, ce sera tous les sept traits que tu le feras. Tu sais compter jusqu'à sept ?

— Oui. Jusqu'à 32.

— Bien. Mais tu ne dois dire à personne que je t'ai donné cette pierre, d'accord ?

Le petit Jérôme, cinq ans, amaigri à cause de la malnutrition, se colla contre sa mère qui, du bout des lèvres, remercia Maurice. D'un bras, sans la main gauche du péché, la mère berça le petit qui avait cessé de pleurer. De l'autre, qui était encore pourvu de sa main, elle enlaça le petit Jérôme venu se coller à elle.

Le détail qui nous échappe

Catherine faisait les cent pas dans le bureau du commandant Édouard Renaud qui était assis et réfléchissait, tandis que Philippe écoutait, pour la cinquième fois depuis la veille, l'enregistrement du témoignage de Simon Laramée. C'est Catherine qui avait entamé la réunion improvisée en racontant sa mésaventure avec Baribeau.

— Ça leur a pris trois décharges et ils ont quand même dû se mettre à cinq pour le maîtriser et l'attacher. Il a fait tout ça menotté. Je n'ose imaginer si ça n'avait pas été le cas.

— Oui, eh ben à partir de maintenant je ne veux plus

jamais que tu rencontres ce fou furieux seule. Si tu dois le voir de nouveau, ce sera avec Philippe. Entendu, Philippe ?

— Oui, mon commandant.

Puis Philippe avait enchaîné avec l'enregistrement qui expliquait le pourquoi du petit jeu de toc, toc, toc, de Roméo Baribeau, clairement relié à l'arrivée des religieuses dans sa chambre. Chaque fois que quelqu'un prononçait cette entrée en matière, ça l'excitait. Les mains gauches du péché. La main masturbatrice qu'il n'a jamais eue est celle de sœur Cesnik. Les détails de cette conversation donnaient froid dans le dos.

— Simon Laramée n'est pas impliqué dans cette affaire. Son ordinateur, que nous avons saisi, contient des documents datés quotidiennement. Il n'y a pas un jour où cet homme ne s'installe pas devant son ordinateur pour écrire trois ou quatre mille mots. Ça prouve qu'il est chez lui tous les soirs et durant la journée, il est à son boulot, six jours par semaine. Le dimanche, il assiste à la messe au coin de chez lui et ensuite, il descend au sous-sol de l'église pour faire du bénévolat au comptoir familial pour les plus démunis.

— Le temps presse, messieurs. Merde, elles sont dans un endroit qui nous échappe.

Le commandant risqua une hypothèse :

— Sœur Cesnik a été retrouvée dans une forêt au sommet d'une butte. Sait-on de quelle forêt il s'agit ?

Philippe et Catherine regardèrent le commandant.

— Il faut vérifier, dit l'enquêtrice.

— Je le ferai en sortant d'ici, mais avant j'aimerais discuter d'un point. L'affiche. On fait quoi avec ? La diffuser serait risqué. Nous sommes encore tous du même avis. Je veux dire par là que la photo de la femme du congélateur nous a menés à son identité et à une personne qui savait des choses.

— Cette enquête de disparitions n'a pas été menée par Nolan et Pinard, mais par des gens du même bureau. Il n'est pas impossible qu'ils aient joué aussi du poing pour faire avouer Damien Garneau. Il a passé douze ans en prison pour un crime qu'il n'a pas commis. Il ne s'en est jamais remis. Il a fait plusieurs tentatives de suicide et quelques séjours en psychiatrie après sa sortie de prison. Je n'ose imaginer son désarroi quand il a vu la photo de la tête de sa femme dans le journal.

— Pour en revenir à l'affiche, je pense que nous ne devrons l'utiliser qu'en dernier recours.

— Je suis d'accord, Philippe.

— Moi aussi, ajouta le commandant.

Catherine réfléchissait pendant que Philippe terminait son café.

— Philippe, tu t'occupes de déterminer dans quelle forêt sœur Cesnik a été retrouvée. De mon côté, je vais réviser toutes les boîtes de dossiers de la première enquête de Pinard et Nolan. Il y a assurément un détail qui nous échappe.

Compagnon de cellule

Baribeau prit place à sa table habituelle où se trouvait déjà son compagnon de cellule. Il déposa le plateau contenant son repas du midi : une soupe poulet et nouilles avec un paquet de biscuits soda, un jus, un sandwich au bœuf sur pain ciabatta trop rôti au goût de Baribeau.

— Toc, toc, toc.

— Qui est là, compagnon ?

Ce dernier, un petit maigrichon dans la quarantaine et aux multiples tatouages artisanaux, avisa Roméo de se méfier.

— Pourquoi je devrais me méfier ?

— Tu as fait chier les gardiens avec ton épisode de la vitre brisée. Tout ce qu'ils pourront faire à leur tour pour te faire chier, ils vont le faire. D'ailleurs, ça commence aujourd'hui. Ils me transfèrent de cellule.

Roméo redéposa sa cuillère dans son bol de soupe puis passa les mains dans ses cheveux pour les envoyer vers l'arrière. Il faisait souvent ce geste quand quelque chose le contrariait. Son compagnon de table et désormais ex-compagnon de cellule poursuivit sur sa lancée :

— Ils t'envoient le petit merdeux arrivé il y a deux jours et qui n'arrête pas de parler. Ce sera ton nouveau colocataire.

— Hum ! Et pour Manu ?

— Il sort demain, comme prévu.

— Tu lui as fait transférer les cinq mille dollars ?

— Oui, comme convenu.

— Rappelle-lui bien que je veux des photos d'elle et je veux voir la frayeur dans ses yeux.

— C'est risqué pour lui de la laisser en vie par la suite ?

— Il n'a qu'à faire ce qui lui paraît juste si ça peut lui éviter les emmerdes. N'oublie pas. Il me garde la main gauche.

— Le message est déjà passé.

Le reste du repas se déroula sans échange de paroles. Il y

avait une atmosphère lourde. De temps à autre, Roméo jetait un regard à son nouveau compagnon de cellule qui était assis quatre tables plus loin et ne cessait de parler aux autres détenus. Trente-sept minutes plus tard, ils se retrouvèrent tous deux dans leur espace carcéral avec lits superposés.

— Je m'appelle Léonard. Toi, c'est Roméo. Je le sais parce que tout le monde parle de ton exploit. Putain, il faut que tu sois sacrément fort pour réussir à briser cette vitre. On m'a déjà raconté que ces vitres pouvaient résister à des coups de masse. Ils testent ce genre de trucs en laboratoire. Un de mes cousins, lui, il avait une vitrerie, mais tu sais, ils ne font pas appel à des vitreries ordinaires pour construire ces parloirs. Ça doit être des contrats gouvernementaux, j'en suis sûr. Toi, t'en penses quoi ?

Roméo ne daigna même pas le regarder et s'installa dans le lit du bas en tournant le dos à son compagnon.

— Pas trop bavard. Mais ça me va, je respecte ça. On me dit souvent que je parle trop de toute façon, mais tu sais, mon ancien compagnon de cellule aimait bien mes histoires. J'en ai tout le temps en réserve. J'ai fait tellement de trucs ! Malheureusement il y en a un qui a mal tourné. J'ai tué un mec. Mais c'était de la légitime défense. Juré mec. Je ne devrais même pas être ici, sans vouloir te vexer. Ça n'a rien à voir avec toi, mais en vérité c'est que je suis innocent. D'ailleurs, mon avocat a porté le jugement en appel. C'est pour ça que j'ai été transféré de prison. C'était un juge différent et un secteur autre que celui où se sont déroulés les incidents. L'avocat croit que le premier jury n'était pas impartial. Certains membres avaient été choisis par mon ancien avocat. Le premier, pas le second. Quel incompétent ! Si tu as besoin d'un avocat merdique un jour, j'en connais un. Je blague, bien sûr. Je te référerais jamais ce type. Mais celui qui me représente en ce moment, c'est un bon. Il va me sortir d'ici au second procès. Sinon, ben tu devras m'endurer quelques années. Ha ! ha ! ha ! Tu sais que mon ancien compagnon de cellule était gay ? Je te mets tout de suite en garde hein ! Je ne sais pas pour toi, mais moi ce n'est pas le cas, hein ! On s'entend sur ce point mec... Oh ! Je te cause, là. Pourquoi tu ne me réponds pas ?

Un premier ronflement sortit de la bouche et du nez de Roméo Baribeau. Le nouveau compagnon de cellule regarda le géant qui devait replier ses jambes presque sur son ventre, car le lit était définitivement trop petit pour lui. L'heure de la sieste de Baribeau avait sonné, semblait-il. Il grimpa sur son lit pour faire la même chose. Les bras derrière la tête, il fixait le plafond. Puis, il s'endormit à son tour dans le bruit des claquements de porte de métal et de conversations à peine audibles. Quand il ouvrit les yeux, il fit un saut en voyant Roméo Baribeau debout à côté du lit qui le fixait intensément.

— Oh mec, tu me fais quoi là, que veux-tu ? Pourquoi tu me fixes comme ça pendant que je dors ? Ça fait longtemps que tu es là à me regarder ? J'espère que tu n'es pas un foutu pervers de merde parce que je vais demander un changement de cellule, je t'avertis.

Roméo lui tendit un papier sur lequel était écrit « Si tu veux t'adresser à moi, tu dis toc, toc, toc, d'abord. C'est la règle. »

— Attends, mais c'est une blague, non ?

Devant le visage neutre de Roméo, il comprit que non, ce n'en était pas une.

— Toc, toc, toc.

— Qui est là ?

— Merde, c'est quoi cette voix ? C'est dément ! Tu me veux quoi, mec ? Pourquoi tu m'observais pendant que je dormais ?

— Tu vas m'écouter attentivement. À partir de

maintenant, tu fermes ta gueule sauf si je te fais signe que je veux t'adresser la parole, c'est compris ?

— Tu veux dire fermer ma gueule comme dans « ne pas parler du tout, du tout » ?

— Du tout, exact. Ne me mets pas en rogne. Tu ne veux pas être le sujet principal de ma colère, je t'assure.

— Pas de problème, mec. Pas un mot, c'est entendu.

Roméo quitta la cellule. Léonard sentait que ça n'allait pas être la joie comme séjour. Le reste de la journée se déroula sans accroc entre les deux. Roméo écrivait et Léonard lisait *Le dernier rempart* de l'auteur à succès Sébastien Picard. Il se laissa emporter par l'histoire jusqu'à ce que les lumières du couloir carcéral s'éteignent. Il entendit le bruit de fermeture de la lumière de Roméo, dit « le démon », qui s'apprêtait manifestement à fermer les yeux pour la nuit. Il plaça son marque-page là où il était arrivé dans sa lecture et ferma sa lumière personnelle à son tour. Il mit un bout de temps à fixer le vide dans l'obscurité, avant de s'endormir… pour très peu de temps. Il ouvrit les yeux comme s'il sentait une présence. Une fois de plus, Léonard fut surpris.

— Putain, mec, mais arrête de faire ça ! Tu me fous la trouille. Tu aimerais voir un putain de géant te fixer pendant que tu dors, toi ?

Roméo continuait de le fixer dans une semi-obscurité où chacun ne voyait que la silhouette de l'autre.

— Tu veux me dire un truc mec, c'est ça ? Tu veux parler ? Toc, toc, toc, Roméo.

— Qui est là, compagnon ?

— Celui qui aimerait dormir, merde. Ça ne peut pas attendre à demain ton truc ?

— Je fais des cauchemars. Ça me provoque beaucoup d'insomnies.

— C'est quoi le rapport avec moi ? Je ne suis pas médecin. Tu demanderas à voir le doc demain. Il est quelle heure, merde ?

— Je ne sais pas pour l'heure, mais ce que je sais c'est que j'ai besoin de parler. Je revois tout en cauchemar et je n'en peux plus. Je crois que te parler à toi qui aimes bien causer et discuter, ça pourrait me faire grand bien.

— T'es sérieux, mec ? En pleine nuit ? Ça ne peut pas attendre demain, ton truc ?

— Non. Je veux que tu écoutes ce que j'ai à raconter.

Le détenu ouvrit sa lumière personnelle pour voir Baribeau.

— Vas-y, raconte. Je n'ai pas trop le choix, je crois.

— Non tu ne l'as pas, en effet.

Puis, Roméo, dans un élan de confidence, lui relata chaque enlèvement et chaque main coupée. Il révéla à Léonard où se trouvaient les femmes ainsi que les noms de ses complices. Mais plus Roméo parlait, plus Léonard comprenait ce qui était en train de se produire. C'était trop facile. Ce n'est que quand Roméo parvint à la fin de son récit, au petit matin, que le prisonnier s'adressa au géant :

— Toc, toc, toc.

— Qui est là, sale mouchard ?

— Comment t'as su ?

— Je lis les gens. Au déjeuner, je ne pouvais savoir, car ma vision faible ne me permet pas de voir au loin, mais on m'a avisé que tu ne cessais de me lancer des regards. Ensuite, quand j'ai commencé à te parler de mon histoire, chaque fois que j'abordais un détail qui m'incriminait ou qui révélait un truc que les autorités ne savent pas, tes pupilles se dilataient. Elles ont cessé de le faire quand tu as compris que j'étais en train de te piéger.

— Et contrairement à elle, je n'ai pas de vitre pour me protéger.

— Exact. Désolé. Ça n'a rien de personnel.

Dans la prison, tout le monde entendit le cri de mort de Léonard, alias Jean Macon, un agent double incarcéré volontairement pour l'opération Mister Big, contre Roméo Baribeau. Quand les gardiens arrivèrent à la cellule, beaucoup trop tard, une scène d'horreur s'offrit à eux.

Révision du dossier

Il y avait tant à faire, mais le temps pressait. Qui était ce troisième complice ? Catherine sentait qu'elle devait fouiller et repasser les dossiers au complet, mais elle avait tellement l'impression de souffrir pour celles qui attendaient d'être retrouvées depuis si longtemps ! Elle recommença du début et prit des notes. Philippe vint la rejoindre en mi-journée pour lui donner un coup de main. La piste du terrain où sœur Cesnik avait été découverte fut abandonnée comme lieu potentiel où auraient pu se trouver les captives. Il n'y avait plus de forêt à l'endroit retracé, mais bien un édifice de quatre étages. Ils avaient quand même pris le temps d'aller voir les deux sous-sols du bâtiment, mais rien ne leur laissait croire que c'était l'endroit recherché. Chaque note était un truc à vérifier ou revérifier. La feuille se remplissait et, plus elle se remplissait, plus c'était décourageant. Elle allait sans doute devoir demander au commandant de lui affecter une personne supplémentaire. Il fallait accélérer les choses. Elle relut les notes tout en réfléchissant.

Le soulier de Louise Leduc retrouvé dans la rivière.

Éloie Volant, suspect ? Aveux obtenus de façon douteuse.

Le violeur de la nuit, David Blanchard, qui avait échoué au polygraphe.

Plusieurs suspects dans le cas d'Élodie Duguay.

Rapport de Bertrand Pinard. Recherches sur les personnes qui savaient pour le sentier de Louise Leduc ?

Recherches d'ADN en Ontario et à Terre-Neuve pour les Jane Do, toujours selon le rapport de Bertrand Pinard.

Qui est la Jane Do numéro deux ?

Jeter un œil sur les rapports des premières fouilles de terrains.

Qu'est-il advenu de l'échantillon de peinture pris sur le véhicule de Mia Samson ?

Vérifier le rapport de la perquisition faite chez Roméo Baribeau.

Placenta retrouvé dans le bunker. Qu'est-il advenu de l'enfant ?

Lacunes dans l'enquête de Bertrand et Allan dues à une surcharge de travail.

Le frère de May Laprise, femme de Baribeau. Dispute à cause d'un héritage qu'il juge inégal entre lui et sa sœur.

Corps démembré dans le Vermont. Est-ce en lien avec le démon ?

Meurtre de Patrick Bourgeault, il y a deux ans. Même modus operandi que Euclide Laprise, le frère de la femme de Baribeau qui est en fauteuil roulant pour le reste de ses jours.

La journée passa rapidement sans trop d'avancées dans la fouille des documents. La liste s'allongeait.

— Il commence à se faire tard. Qu'en dis-tu si chacun de notre côté on regarde la liste de plus près et demain on se répartit les tâches ? Je vais demander au commandant de nous envoyer du renfort pour éplucher tout ça. J'ai du mal à supporter cette attente. Pendant que l'on cherche, ces femmes souffrent. Elles n'ont peut-être même plus espoir que quelqu'un les trouve, après tout ce temps. Tu te rends compte ? Je ne crois pas pouvoir dormir et je vais continuer de me creuser la tête, mais au moins j'aurai le loisir de m'étendre un peu, si la fatigue me gagne. Ne reste pas loin de ton téléphone, Philippe. Je me connais, je vais te réveiller en pleine nuit, car je vais avoir un doute sur l'un des éléments. Quelque chose se cache dans ce qu'on tient déjà, j'en suis persuadée.

— Il y a tellement d'éléments dans cette enquête et tant d'années se sont écoulées, Catherine. Ce n'est pas une tâche facile de démêler tout ça, mais on va y arriver. On retrouvera ces femmes. Je vais faire une copie de la liste qu'on vient d'établir et je te l'apporte. On aura chacun la nôtre.

Le téléphone de Catherine sonna au même moment.

— On se voit demain, dit Philippe. Je laisse ta copie dans ton casier avant de partir. À demain !

— À demain !

Catherine décrocha.

Le guet-apens

Entrer dans le lieu de résidence d'un membre des forces de l'ordre n'était déjà pas une idée de génie, mais ceux qui tentaient de le faire chez Catherine Tremblay n'en étaient justement pas. Par contre, l'un d'eux, Manu Sergakis, savait parfaitement maîtriser un système d'alarme. L'autre, Dan B. Cooper savait comment s'y prendre pour ouvrir n'importe quel accès sans laisser trop de traces. En moins d'une minute, les deux hommes étaient à l'intérieur de l'appartement trois pièces de Catherine. Le plan était clair. Ils la surprendraient, la passeraient à tabac, s'amuseraient avec elle et au final, ils la tueraient tout en prenant, pour chaque étape, des clichés. Les deux hommes devaient trancher sa main gauche et l'envoyer par une ruse quelconque à la prison, à l'attention de Roméo Baribeau. Ils le feraient probablement à l'aide d'un drone. Cette méthode était très à la mode dans les prisons. Après une courte analyse des lieux, chacun savait où se placer en attendant l'arrivée de Catherine.

— On ne perd pas de temps. Dès qu'elle entre, on la frappe. L'important c'est de ne pas abîmer sa main gauche. Pour le reste, qu'elle soit morte ou vivante, on s'en câlisse. On se vide les couilles, on prend la main, pis on crisse notre camp. Je vais commencer et toi, tu prendras les photos.

— Je n'ai rien contre Roméo, l'ami, mais c'est un méchant spécimen. Pourquoi il veut la main gauche ?

— Ça, mon vieux, tu ne veux pas savoir.

Manu mima une masturbation masculine.

— Tu déconnes !

— Non, mon vieux.

— Je pensais avoir tout vu en tôle !

Catherine était en route. Elle avait quitté son bureau plus tard, en lien avec le téléphone reçu. Elle prenait de grandes respirations. Elle regarda dans le rétroviseur. Une frustration grandissante la tenailla jusqu'à ce qu'elle arrive devant chez elle. C'était un duplex dont elle occupait l'appartement du bas. La seconde partie du premier palier et le second étage étaient occupés par un couple nouvellement retraité, parti la plupart du temps en voyage. Deux grands arbres, un saule pleureur et un pin blanc, embellissaient l'entrée des lieux dans la petite cour avant. Un bleu pastel revêtait les quatre murs extérieurs. Les entrées des deux appartements étaient distinctes. Celle de gauche donnait sur l'appartement de l'enquêtrice. Avant de descendre de son véhicule, elle jeta un œil à la fenêtre de son appartement qui donnait sur le salon. Elle regarda l'heure sur le tableau de bord puis retira la clé du contact. Elle descendit de voiture et marcha les quelques pas sur le trottoir qui la séparait de l'allée menant à sa porte. Elle fouilla dans la poche avant de pantalon pour en sortir ses clés de maison. Catherine n'avait pas de sac à main. Elle avait décidé de ne plus en utiliser, après en avoir égaré deux lorsqu'elle était plus jeune. Elle oubliait cet objet partout et, de toute façon, elle ne traînait pas beaucoup d'effets personnels. En s'approchant de la porte, elle prit une grande respiration avant de tourner la poignée.

Elle arrive

Manu, le plus colosse des deux, se tenait à droite de l'entrée. Elle ne risquerait pas de le voir puisque la porte ouverte le cacherait. Le second suspect était dissimulé derrière le comptoir de cuisine. Il avait en main un long couteau pris à même le tiroir de la cuisine. Ex-détenu, il était sorti depuis trois ans de la même prison que son partenaire de la soirée. Il avait des antécédents d'agression sexuelle sur une infirmière qui l'avait soigné une nuit. C'était sa troisième condamnation de ce genre. *La prochaine fois que tu te fais prendre*, lui avait dit son avocat, *tu seras classé au registre des délinquants dangereux à contrôler.* Mais là, ce soir, il s'en foutait. Tout ce qu'il espérait, c'était le moment où il pourrait arracher la petite culotte d'une flic, le fantasme absolu de pouvoir assouvir ses pulsions sur une représentante de la loi. Dans le pire des cas, si son copain décidait de ne pas l'aider à la maintenir immobile, il la tuerait et abuserait d'elle ensuite. Il avait envie de remercier celui qui était présent avec lui dans l'appartement de lui avoir offert mille dollars, une partie de jambes en l'air avec la victime et bien sûr, le démembrement d'une des mains de celle-ci. Ses pulsations cardiaques augmentaient et il commença même à avoir une semi-érection dans les secondes qui suivirent les paroles de Manu :

— Elle arrive. Prépare-toi.

Sa respiration devint plus rapide. Il se campa sur ses jambes, prêt à bondir, et resserra sa poigne sur le manche du couteau. Derrière la porte, son copain n'avait pas d'arme, mais juste ses poings serrés, prêts à servir. Elle aurait droit à une droite fulgurante dès qu'elle refermerait. Manu, près de la porte, entendit Dan derrière le comptoir.

— Fuck !

Il tourna la tête pour comprendre le pourquoi, au moment

même où la poignée de porte pivotait. Son compagnon avait une main en l'air et déposait son couteau sur le comptoir. Il regardait par la porte-fenêtre arrière qui s'ouvrait. Pour Manu, c'était le moment de fuir par la porte avant qui était en train de s'ouvrir. Il se présenta sur le seuil prêt à bondir sur la femme et à s'enfuir en courant. Le plan foirait et c'était désormais chacun pour soi. Devant lui, il n'y avait pas que sa cible, arme en main, mais également deux hommes, Philippe Arsenault et Louis Roy. Trois armes étant pointées sur lui, la joute était perdue d'avance. Il lâcha quelques jurons en crachant au sol et en levant les mains en l'air. Au loin, les sirènes de plusieurs voitures de police se firent entendre. Dans la cuisine, deux autres enquêteurs entraient par la porte-fenêtre, arme au poing, Jay Harrington et Florian Ménard.

— POLICE ! LES MAINS EN L'AIR ! LES MAINS EN L'AIR !

C'était la voix de Catherine, en retrait sur le pas de la porte avec Philippe et Louis.

— PAR TERRE ! COUCHE-TOI AU SOL !

À l'arrière, Florian prit la parole aussi. Plus calmement. Il s'adressait à Dan B. Cooper qui réalisait soudainement que son fantasme ne se réaliserait jamais.

— Toi aussi. Couche-toi au sol.

Il obéit sans hésiter. Jay pointait toujours son arme tandis que Florian rangeait la sienne pour sortir ses menottes. Trois voitures de police arrivèrent devant la demeure de Catherine et les gyrophares se réfléchirent dans l'appartement par la fenêtre du salon. Quelques minutes plus tard, Catherine donna ses ordres à l'ensemble des policiers devant elle :

— Merci, messieurs. Emmenez-les en cellules.

Catherine attendit que le photographe judiciaire quitte les lieux avant de revenir dans l'appartement. À l'intérieur, les enquêteurs rigolaient entre eux autour de la table. Jay se leva et vint rejoindre sa cousine pour la prendre dans ses bras et la consoler.

— Ils venaient pour me tuer, Jay !

— Ne pense pas à ça. C'est fini.

— Comment t'as su ?

— Viens t'asseoir avec nous, je vais te raconter ça.

— Jay, à moi, tu m'en fais jamais des câlins comme ça, dit Florian.

Son humour qui fit rire l'ensemble des représentants de l'ordre détendit l'atmosphère sur les lieux d'un drame avorté. Louis laissa sa place à Catherine, car il n'y avait que quatre chaises.

— Prends ma place. Je t'avise qu'on va squatter ton appartement durant une petite heure, le temps d'un café. Je vais fouiller dans tes placards pour préparer ça. Qui en veut un ?

La réponse fut un oui simultané et unanime. Catherine regardait les hommes autour d'elle. Jay, son cousin. Celui-là même qui lui avait lancé l'appel avant qu'elle ne quitte le bureau. Son sauveur. Louis Roy, le partenaire de Jay. Il avait cet air rassurant. La rumeur voulait qu'il quitte l'équipe dans un an ou deux, car il se verrait offrir un poste de commandant. Florian, que Jay avait décrit dans un repas de famille comme étant fougueux et drôle. C'est ce qu'il dégageait quand elle le regardait. Il avait ce sourire continuel au visage qui lui confirmait que l'ambiance devait être plus décontractée et plus joviale en sa présence. Philippe, son partenaire depuis peu, qui à ce moment semblait vraiment heureux de retrouver ses anciens collègues. Elle était contente de son choix. Mais pourquoi deux hommes s'étaient-ils introduits chez elle pour la tuer ?

— Raconte, Jay. Pourquoi ils étaient là ?

Il y eut un léger malaise, mais Jay ne voulait rien cacher à sa cousine. Louis préparait le café et demanda tout bas à Philippe :

— Je ne me souviens plus comment tu prends ton café, vieille branche.

— Deux crèmes s'il te plaît, mon ami.

Jay débuta le récit de ce qui les avait conduits, lui et ses deux collègues, à cette intervention chez sa cousine.

— C'est Baribeau. Il a payé ces deux gars-là. Ben, un des deux, est un ancien détenu de la prison où Baribeau se trouve. L'affaire, c'est que Baribeau a passé la commande à son bras droit en prison. Il lui a demandé de recruter un gars qui sortait le lendemain. Il a déboursé cinq mille dollars pour que le gars te tue. L'intermédiaire en question, Valentin Facal, a compris qu'il avait en main une monnaie d'échange qui pourrait lui apporter certains avantages. Il disait que ça se ferait la journée même. Comme ça concernait un futur homicide, ça a été refilé à mon Département. Je suis allé discuter avec le gars en question qui avait décidé de tourner le dos à Baribeau. Pour une rente additionnelle et une cellule dans un secteur protégé, il a parlé. Tout s'est fait dans la même journée et ça s'est passé rapidement. Il nous a donné le nom et on a placé ton appartement sous surveillance. On a retracé l'adresse de

Manu Sergakis par l'entremise de son agent de probation et on l'a mis sous filature. Six minutes après l'arrivée de Louis et Florian à l'adresse indiquée, ils repéraient le gars qui embarquait dans une auto au nom de sa mère. Il est allé chercher son complice et ils se sont dirigés vers ton appartement. Voilà ! C'est de cette façon que ça s'est passé.

Le silence régna durant quelques secondes où l'on n'entendit que l'eau bouillir. Tout le monde attendait son café.

— Je me dis que s'il a voulu m'éliminer, il y a deux raisons possibles. La première, c'est qu'il me déteste vraiment.

— Ou la seconde, Philippe et toi, vous êtes près du but. Vous en êtes où ?

— On en est rendus à cette liste.

— Je peux voir ? demanda Florian à qui Philippe confia sa copie.

Pendant que tout le monde discutait et buvait son café, Florian regarda la liste. C'étaient des notes qui, en apparence, ne voulaient rien dire. Elles n'étaient que des points de repère pour des vérifications ultérieures.

Le soulier de Louise Leduc retrouvé dans la rivière.

Éloie Volant, suspect ? Aveux obtenus de façon douteuse.

Le violeur de la nuit, David Blanchard, qui avait échoué au polygraphe.

Plusieurs suspects dans le cas d'Élodie Duguay.

Rapport de Bertrand Pinard. Recherches sur les personnes qui savaient pour le sentier de Louise Leduc ?

Recherches d'ADN en Ontario et à Terre-Neuve pour les Jane Do, toujours selon le rapport de Bertrand Pinard.

Qui est la Jane Do numéro deux ?

Jeter un œil sur les rapports des premières fouilles de terrains.

Qu'est-il advenu de l'échantillon de peinture pris sur le véhicule de Mia Samson ?

Vérifier le rapport de la perquisition faite chez Roméo Baribeau.

Placenta retrouvé dans le bunker. Qu'est-il advenu de l'enfant ?

Lacunes dans l'enquête de Bertrand et Allan dues à

une surcharge de travail.

Le frère de May Laprise, femme de Baribeau. Dispute à cause d'un héritage qu'il juge inégal entre lui et sa sœur.

Corps démembré dans le Vermont. Est-ce en lien avec le démon ?

Meurtre de Patrick Bourgeault, il y a deux ans. Même modus operandi que Euclide Laprise, le frère de la femme de Baribeau qui est en fauteuil roulant pour le reste de ses jours.

— Je ne veux pas interrompe vos échanges, mais j'aurais une question, Catherine et Philippe.

— Je t'écoute, Florian, répondit la jeune femme.

— Votre liste. C'est en gros la révision de certaines vérifications au dossier. Ça semble une histoire bien complexe, non ?

— Oui. On en est à réviser le dossier de la première enquête et la nôtre, pour voir si nous ne sommes pas passés à côté d'un truc important. Pour être franche, on se demande bien par où commencer.

— Quand j'étais aux stupéfiants…

Il se fit interrompre par Louis :

— Bon ! Il est parti pour l'une de ces histoires de fou.

— Non ! Vraiment ! J'allais juste dire que quand j'étais aux stupéfiants et que j'avais du temps qui se libérait, je prenais des notes exactement comme vous venez de le faire. C'étaient des notes que je rédigeais en écoutant mes messages, en consultant mes sources dans la rue et en regardant la tonne de paperasse sur mon bureau. Toujours, je portais d'abord mon attention sur ma feuille en priorisant ce qui revenait le plus. Dans le cas de vos notes, je vois Baribeau souvent, je vois aussi le frère de la femme de Baribeau. Jane Do numéro deux aussi. Bref, vous en pensez quoi ?

— Pas fou, dit Philippe.

— J'ai apporté le dossier de Baribeau, justement. Mais avec ce qui vient de se passer, je dois avouer que je n'ai pas la tête à cela.

— Je vais prendre le dossier avec moi, j'y jetterai un œil une fois à la maison, dit Philippe.

— Ça va aller, Catherine ? demanda son cousin.

— Oui. Merci, Jay. Je n'ose pas imaginer ce qui se serait produit, si…

— Ne pense pas à cela, ça ne te servira à rien. Prends le temps de te reposer. Nous, on y va, mais deux patrouilles se relaieront cette nuit pour assurer ta protection. C'est seulement une mesure préventive, t'inquiète pas. Mais peut-être préférerais-tu que je te conduise à un hôtel, si tu ne te sens pas à l'aise de rester ?

— Non… non, ça va aller. Le temps de dormir un peu et j'aurai repris mes esprits. Philippe, tu es certain que ça ne t'embête pas de voir le dossier de Baribeau ?

— Pas du tout. Je ne suis jamais couché avant deux heures du matin.

— Merci.

— On y va, dit Jay. On a du boulot aussi…

Tout est dans les détails

Le dossier Baribeau était assez volumineux. Dans l'ordre, il contenait la déposition du policier qui avait procédé à son arrestation le jour où il avait apporté les sept mains. Se trouvaient également dans ce dossier, le compte rendu de la discussion avec le DPCP pour l'obtention du mandat de perquisition, des photos de la perquisition faite par Allan et Bertrand, une liste des pièces à conviction transmises à la Cour comme preuves. Il comportait également les témoignages écrits de son voisinage immédiat, des recherches via ses achats et dépenses apparaissant sur le compte bancaire dans le but de faire des rapprochements avec les victimes identifiées, le compte rendu du procès, les éléments de recherches afin de trouver les corps, etc. Philippe regarda d'abord les témoignages. Il voulait faire une liste de noms de personnes à interroger de nouveau. Parfois, tout était dans les détails. Dans le monde judiciaire, il est souvent arrivé que des gens décident de parler ou se souviennent de certains éléments de nombreuses années plus tard. Certains témoins devenaient moins craintifs aussi quand les années avaient passé. D'autres omettaient des détails qu'ils croyaient sans intérêt pour la police, mais qui dans les faits, se révélaient d'une importance capitale. Ce fut le cas pour l'affaire Dupont, un policier retrouvé sans vie dans des circonstances mystérieuses et qui, aujourd'hui encore, passait pour un suicide aux yeux de la loi. Beaucoup d'éléments démontreraient pourtant qu'il s'agissait peut-être d'un meurtre, lié à la dénonciation de collègues par Dupont lui-même. Des décennies après les faits, un rembourreur avait rapporté à une journaliste avoir reçu le siège d'une voiture de police dont le cuir avait été transpercé d'une balle. C'était le matin même où Dupont avait été retrouvé mort dans sa voiture, quelques jours après sa disparition. Le siège avait été apporté pour fin de réparation par le collègue que Dupont avait dénoncé, celui-là même qui avait retrouvé le corps. C'était une affaire plutôt louche qui n'avait jamais été résolue. Donc, Philippe avait l'intention de retrouver les témoins jadis interrogés, au cas où certains éléments nouveaux leur seraient revenus en mémoire. Ensuite, il s'était intéressé au rapport lié à la perquisition et aux photos de celle-ci. Sur les photos, la maison semblait être dans un ordre impeccable. L'enquêteur pouvait voir le congélateur où avait été retrouvée celle que la première enquête avait désignée comme la femme de Roméo Baribeau. Il laissa momentanément la consultation du dossier de perquisition pour regarder le rapport d'autopsie et les photos qui l'accompagnaient. On y voyait le corps démembré de la femme sur la table métallique du médecin légiste. Des images à donner des cauchemars. Il n'y avait rien à apprendre pour le moment de ce retour à l'autopsie. Philippe se remit aux photos de la perquisition et un détail apparut clairement sur l'une d'elles où l'on voyait le rondin de bois et la hache, dans le garage du démon. Sur deux des clichés pris par le photographe judiciaire, en arrière-plan, se trouvait une paire de bottes qui semblait avoir laissé des parcelles de terre boueuses au sol. Il avait déjà son téléphone en main et composa le numéro de Catherine :

— Oui, Philippe.

— Je savais que tu ne dormais pas. On ne dort jamais la première nuit après qu'une personne ait attenté à notre vie.

— Merci de l'encouragement.

— T'inquiète, après deux jours, l'épuisement va te plonger dans un sommeil de plus de douze heures au moins, si ce n'est davantage.

— J'ai déjà hâte, mais pourquoi m'appelles-tu à 2 h 30 du matin ?

— Le dossier Baribeau. J'en suis à regarder les photos de la perquisition et sur deux de celles prises dans le garage, en arrière-plan se trouve une paire de bottes. À voir la taille, si je me fie à la chaise qui est à côté, elles appartiennent au démon. Elles semblent avoir de la boue. Il y en a aussi un peu sur le sol. Ça ne veut peut-être rien dire, mais je pensais à un lien possible avec les terrains que nous avons fouillés.

— Je ne crois pas que ces bottes aient été saisies à l'époque. Apparaissent-elles dans les objets gardés par l'équipe de perquisition ou encore dans la liste de ce qui a été présenté au procès ? Elles sont dans les pièces à conviction ou les preuves circonstancielles, peut-être ?

— Je vais voir. Je ne crois pas que sans les bottes, une analyse détaillée puisse être faite de cette terre, à partir des photos seulement. Surtout que les bottes ne sont pas le sujet principal de ces photographies.

— À la limite, on pourra savoir le type de terre en lien avec la couleur, qui sait ? Il faudrait voir avec le botaniste judiciaire.

— On en a un qui s'occupe de Montréal et des environs ou c'est un ou deux individus pour tout le Québec ?

— Je l'ignore. Je vais m'informer au bureau demain. Ce que je sais c'est qu'on a vérifié chaque parcelle, deux fois plutôt qu'une et envoyé les équipes vérifier de nouveau s'il y avait d'autres bunkers.

Il y eut un court silence.

— Je vais également voir ceux et celles qui ont témoigné à l'époque, au cas où certains détails en ressortiraient. Je nous ai fait une liste de quatre personnes.

— On ne sait jamais, c'est un bon point.

Catherine reprit sa liste de tâches et ce fut l'illumination. Un frisson lui parcourut l'échine. Un autre détail venait de s'imposer à son regard d'abord et à sa pensée ensuite…

Sale temps pour recevoir de la visite

Euclide Laprise, l'ex-beau-frère de Baribeau, souffrait de l'apnée du sommeil non diagnostiquée. En dormant, son souffle était irrégulier et il s'interrompait parfois durant de longues secondes avant de reprendre dans un fracas de ronflements plus forts que le bruit de sa pompe dans le vide sanitaire. Même son chat évitait de dormir avec lui. Toutefois, ce ne fut pas son souffle interrompu qui le réveilla ce soir-là ni le tonnerre ou la forte pluie qui frappait la tôle rouge écarlate de son toit. Il posa la main sur sa table de chevet pour atteindre son .357 Magnum. Il tourna la tête sur sa gauche en se frottant les yeux de sa main libre. Des phares apparaissaient à travers les rideaux de sa chambre. Ensuite, il regarda l'heure sur son cadran. Il était 4 h 37, une mauvaise heure et un sale temps pour recevoir de la visite. Visite qu'il n'avait jamais d'ailleurs. Il vivait seul et n'avait pas d'amis. Il y avait bien une jeune infirmière du centre local de santé qui venait une fois par semaine pour vérifier sa tension et son diabète, mais clairement ça ne pouvait pas être elle qui se pointait là, à cette heure et sous cette pluie torrentielle. Le téléphone sonna. Pour faire exprès, il ne l'avait pas avec lui cette nuit-là, car il l'avait laissé sur la table de salon. Le temps d'enfiler un pantalon, de s'extirper de son lit pour se glisser dans sa chaise roulante via la planche de transfert et ensuite se rendre jusqu'à l'appareil pour répondre, il en avait au moins pour trois minutes, sinon cinq. Il se demandait si ça en valait le coup, car la personne aurait raccroché d'ici là. Plus de dix sonneries avaient déjà retenti…

* * *

— Ça ne répond pas.

— Patientons encore un peu. Je ne me pointe pas devant chez lui, il est armé. Garons la voiture à l'entrée du chemin. Il ne peut pas nous atteindre d'ici.

— Tu crois qu'il oserait tirer sans savoir qui est là ?

— Il croit dur comme fer que Baribeau tentera de le tuer de nouveau, un jour. C'est ce qu'il m'a dit et c'est la raison même de la présence d'armes dans la maison.

— Pas de réponse ?

— Non, ça fait au moins trente coups que ça sonne.

— Il n'est peut-être pas là, quoiqu'un véhicule se trouve dans le stationnement au bout de l'allée.

— C'est sa voiture. Il y est, j'en suis sûr. C'est long avant qu'il réponde, probablement le temps de prendre place dans son fauteuil roulant.

Finalement, ils obtinrent une réponse au téléphone.

— Allô !

— Monsieur Laprise, c'est bien vous ?

— Non, bordel ! C'est *Santa Claus* pis vous appelez au pôle Nord, ciboire ! Qui parle ?

— Désolé, monsieur Laprise, je m'appelle Catherine Tremblay et je suis avec Philippe Arsenault que vous avez déjà rencontré. Nous sommes de la police au Département des affaires non résolues. On aimerait vous parler.

— Vous savez l'heure qu'il est, tabarnak ?

— Oui et nous en sommes désolés. Nous aurions attendu dans la matinée, si ce n'était pas une urgence, mais là on doit absolument vous rencontrer. C'est très important.

— Mademoiselle, j'ai bien rencontré un Philippe Arsenault, il y a quelque temps, mais comprenez-moi bien. Il est 4 h 00 du matin et c'est hors de question que j'ouvre aveuglément. Si vous êtes celle que vous prétendez être et que vous êtes avec celui que vous prétendez, vous devrez avancer jusqu'à l'entrée avec votre véhicule. Et une fois devant la maison, c'est lui que vous enverrez en premier. Je vais allumer la lumière du perron pour le regarder et le reconnaître. Quand ce sera fait, je vous ouvrirai, pas d'entourloupette et je vous le dis, je suis armé et je n'hésiterai pas.

— Restez prudent avec votre arme, on va procéder comme vous le souhaitez. On s'avance.

— Très bien, je vous attends.

Les essuie-glaces du véhicule de Philippe ne suffisaient pas à la tâche, tellement il pleuvait. Chaque trou dans le chemin de terre était rempli d'eau boueuse et faisait une éclaboussure sous la roue du véhicule. Il avait actionné les gyrophares sans la sirène, pour mettre le vieil homme qui les attendait en confiance. Les phares éclairaient tant bien que mal, mais le brouillard et la pluie réduisaient la visibilité. Les deux enquêteurs étaient fébriles. Plus tôt, au moment de discuter avec son collègue, un détail était apparu sur la liste de Catherine. Elle avait fait le lien avec ce que Florian avait dit la veille lorsqu'ils étaient assis autour de la table :

— J'allais juste dire que quand j'étais aux stupéfiants et que j'avais du temps qui se libérait, je prenais des notes exactement comme vous venez de le faire. C'étaient des notes que je rédigeais en écoutant mes messages, en consultant mes sources dans la rue et en regardant la tonne de paperasse sur mon bureau. Toujours, je portais d'abord mon attention sur ma feuille en priorisant ce qui revenait le plus. Dans le cas de vos notes, je vois Baribeau souvent, je vois aussi le frère de la femme de Baribeau.

Grâce à cette dernière phrase, « *Je vois aussi le frère de la femme de Baribeau* », tout devenait clair. Du moins, beaucoup d'espoir était fondé sur cette intuition. Il restait à confirmer le tout auprès du principal intéressé. Philippe arrêta le véhicule.

— J'y vais.

— Sois prudent.

Il sortit de la voiture. Déjà, la pluie froide frappait ses vêtements et le dessus de sa tête. En zigzaguant pour éviter les flaques immenses devant la maison, il se rendit jusqu'au perron d'Euclide Laprise. Il était déjà trempé au moment de s'annoncer après avoir cogné à la porte.

— Monsieur Laprise ? C'est Philippe Arsenault, vous me reconnaissez ? cria-t-il pour être certain de se faire entendre.

Il se plaça à un mètre de la porte, se rappelant que Euclide l'observait par l'œil magique en son centre. La porte s'ouvrit toute grande et il put voir le vieil homme déposer son Magnum sur la table basse de l'entrée. Philippe se tourna pour faire signe à Catherine de venir le rejoindre.

— Veux-tu ben me dire ce que vous faites tous les deux chez nous à cette heure-là ?

— On peut entrer ? On va vous expliquer.

— Avant tout, je vais aller vous chercher des serviettes pour vous essuyer. Vous savez où est le salon, mais je vous le dis tout de suite, je vais avoir besoin d'un café. On va en profiter car c'est rare que j'en ai ici et que je peux le préparer avec des gallons d'eau fraîche. Cadeau de mon aide-soignante quand elle vient me voir et moi, ça m'aide à me désaouler. Si ça vous dérange pas de le préparer, ça ira plus vite que moi sur mes deux roues. Je pense que ce ne sera pas de refus pour vous aussi ?

— Avec plaisir, monsieur.

Catherine arrivait au même moment et bien qu'elle ait couru pour rejoindre les deux hommes, elle avait déjà les cheveux et les vêtements mouillés.

— Bonjour, monsieur Laprise. Encore une fois désolée de vous déranger en pleine nuit.

— T'en fais pas, la grande, j'ai tout mon temps pour me rattraper point de vue du sommeil un peu plus tard. Comme je disais à Philippe, je vais aller vous chercher des serviettes. Pour le café, Philippe, tout est sur le comptoir et le lait au frigo. Faites comme chez vous, je vous rejoins tous les deux au salon. Je vais en profiter pour enfiler un chandail.

— Merci, monsieur Laprise.

— Si tu veux qu'on s'entende bien, ma grande, c'est Euclide mon nom. Pas, monsieur Laprise, s'il te plaît.

— OK, c'est noté.

— Good ! Je reviens dans pas long.

Après un moment, le café était sur le point d'être servi et Euclide revenait vêtu et avec deux serviettes.

— J'espère que vous avez une bonne raison parce que sinon je fais une plainte en déontologie. Ha ! Ha ! Ha !

— Comme je vous disais au téléphone tout à l'heure, on n'aurait pas osé vous déranger si ce n'était pas urgent. Merci pour la serviette et le café. La température a changé du tout au tout, en vingt-quatre heures.

— Ouais et ils annoncent de la pluie en continu pendant trois jours.

Philippe vint les rejoindre. Catherine et lui occupaient le fauteuil deux places dans le salon d'Euclide. Ce dernier était près de Catherine à côté de la table de salon et faisait face à ses invités inattendus. Elle prit la parole :

— Euclide, désolée de vous ramener à ce moment, mais à la mort de votre père, il semble que l'héritage n'ait pas été réparti de façon équitable selon vos dires, c'est bien cela ?

— Oui, exact, mais c'est quoi le rapport ?

Philippe prit la parole :

— Lors de notre rencontre, vous avez dit et je cite : « Elle a eu les huit terrains et moi de la poussière ». C'est bien cela ?

— Oui, exactement. Mais je ne vois pas où vous voulez en venir avec ça.

— On y arrive. Pouvez-vous nous spécifier ce que vous entendez par *poussière* quand vous parlez de votre héritage, Euclide ?

— La maison que j'occupe, j'ai dû la retaper parce que quand le bonhomme me l'a laissée, c'était une ruine. Il m'a aussi légué quatre terrains à Saint-Michel-des-Saints. En fait, c'est entre Saint-Michel-des-Saints et Manawan. Ce sont des terrains avec de la broussaille pis de l'épinette en masse. Rien de bon. Marécages, pentes abruptes avec de la roche partout. Ils ne sont pas vendables.

Les deux collègues se jetèrent un regard. Catherine s'apprêtait à poser la question qui justifiait leur présence en ce lieu, à cette heure de la nuit.

— Quand êtes-vous allé sur vos terrains pour la dernière fois ?

— Ma grande, regarde-moi. As-tu déjà vu un gars de bois en chaise roulante ? J'y ai posé les pieds pour la dernière fois le jour où mon paternel les a achetés. Je devais avoir six ou sept ans. Je les garde comme actifs et ça m'a servi pour financer les rénovations de la maison.

— Est-ce que vous les louez pendant la période de la chasse ou vous les prêtez à des gens pour le loisir ou pour une autre raison ? À votre connaissance, y a-t-il quelqu'un qui occupe votre terrain ?

— Non. Je loue ça à personne.

— Ce sont de grands terrains, Euclide ? demanda Philippe après avoir pris une gorgée de son breuvage bien chaud.

— Ça, pour être grands, ils sont grands. Les quatre sont collés ensemble. Je dirais un cent soixante arpents environ, si mes souvenirs sont bons.

— Il va falloir nous préciser l'endroit où vos terrains sont situés, car on va devoir s'y rendre…

Plus de visiteurs que prévu...

L'allée de stationnement de la maison d'Euclide était maintenant remplie avec sa propre voiture, le véhicule de Philippe et deux camions de l'escouade tactique. À l'extérieur, le tonnerre grondait toujours. Avec sa chaise roulante, le vieil homme se frayait un chemin entre les membres de l'escouade tactique éparpillés un peu partout et qui discutaient en groupes de deux ou trois, de l'entrée jusqu'à la cuisine. Ils étaient douze en tout, plus le chef de l'escouade qui était avec Catherine et Philippe au salon.

— Vous avez de la chance, fit remarquer l'hôte, les plans

étaient dans ma garde-robe. S'ils avaient été au grenier, on en aurait eu pour la journée à les chercher.

Il avait placé sur ses genoux deux rouleaux de papier jaunis par les ans et maintenus enroulés par un élastique. Il tendit les documents à Pierre-Luc, le chef d'escouade, qui les déroula sur ses cuisses, assis sur le fauteuil une place.

— Vous dites entre Saint-Michel et Manawan, c'est bien ça ?

— À peu près, oui. Mais je ne pourrais pas dire où précisément. Y a rien dans ce coin-là après Saint-Michel-des-Saints. Ça fait trop longtemps dans mes souvenirs, je peux pas t'aider. Peut-être ben aussi entre Saint-Zénon et Saint-Michel-Des-Saints.

Pierre-Luc leva le ton :

— VILLEMAIRE !

Pas de réponse.

— VILLEMAIRE !

— Je pense qu'il est dehors sur le perron en train de fumer, chef, dit l'un des membres de l'équipe dans le couloir.

— Peux-tu aller me le chercher, s'il te plaît ?

— Oui, chef.

Ils attendirent tous un court instant avant de voir apparaître

Édouard Villemaire. C'était un jeune homme à la peau noire, dans la vingtaine. À ce moment, Philippe se disait que les hommes devaient être sacrément en forme pour supporter le poids d'un uniforme tactique durant de longues périodes.

— Oui, chef, vous avez besoin de moi ?

— Oui. Je veux que tu me donnes ton avis au sujet de deux cartes. Il faudrait qu'on essaie de situer les quatre terrains de la façon la plus précise possible. Tu peux me faire ça ?

— Oui. J'aurais besoin d'un grand plan du secteur en images satellites, pis avec la topographie de la carte, je pourrai vous dire précisément où c'est.

— On n'est pas équipés pour ça. OK, fais le nécessaire pour avoir les quatre-vingts kilomètres entre Saint-Michel-des-Saints et Manawan. Fais un aller-retour vers le bureau pour nous sortir ça via l'imprimante. Prends le second camion. Demande à Raymond de t'accompagner. Quand tu reviendras, tu amèneras à bouffer à tout le monde. Raymond s'occupera de ça au service au volant pendant que toi tu te concentreras sur les gros plans versus la carte topographique des quatre terrains d'Euclide. Comme ça, on gagnera du temps. Essaie d'avoir un endroit précis à ton retour pour être plus rapide. Euclide pense que c'est entre Saint-Zénon et

Manawan, ce qui fait un peu plus de cent kilomètres. Je te conseille donc de commencer à étudier les plans satellites à partir du centre.

— OK.

Pierre-Luc se tourna vers Catherine et Philippe.

— OK, vous attendez quoi de nous ? C'est quoi le plan ?

— On veut explorer ces terrains-là pour y détecter soit des tuyaux de ventilation qui sortent du sol à un endroit ou à un autre, soit une bâtisse, une maison qui ne serait pas nécessairement visible du chemin et qui pourrait même ne pas paraître au registre foncier. On n'a aucune adresse, voyez-vous ?

— OK. Ça risque d'être long sur un cent soixante arpents. Aucun hélico ne va sortir par un temps pareil.

— Si les terrains sont occupés d'une quelconque manière, il y aura sûrement un chemin ou un sentier qui sera visible de la route, parce qu'il faut que les gens y accèdent.

Euclide prit la parole :

— Vous croyez vraiment que ce bâtard de démon aurait pu enterrer ces femmes sur mes terrains et même s'y construire une maison pour y commettre ces saloperies de meurtres ?

Catherine ne voulut pas informer Euclide que ce qu'elle

recherchait, c'était des femmes, oui, mais en vie. Ce détail, le moins de gens possible devaient le connaître. Elle attendrait le moment opportun pour aviser Pierre-Luc afin que ses hommes et lui sachent à quoi s'attendre.

— C'est une possibilité que l'on envisage, en effet, depuis peu de temps. En passant, Euclide, je suis désolée pour les traces de boue partout dans la maison. Je vais envoyer aux frais de nos services le nettoyage de tout ça.

— Ne t'inquiète pas avec ça.

Il fallut 2 h 15 minutes à Édouard et Raymond pour revenir avec les déjeuners et les plans. Ce dernier commença à distribuer les repas à toute l'équipe ainsi qu'aux deux enquêteurs et à Euclide. Le jeune homme plaça trois images l'une à côté de l'autre.

— T'as trouvé ?

— Oui, chef. Ici ! Vous voyez au kilomètre vingt-neuf. L'élévation du terrain correspond parfaitement, selon les courbes topographiques. On y voit clairement les cinq sommets. Là, là, ici, ici, et juste là, dit-il en pointant du doigt.

— OK, dit Catherine et par curiosité, s'il devait y avoir une construction, à quel endroit serait-il le plus propice d'en placer une ?

— Ce n'est pas dans ce secteur, ça c'est certain, car c'est très escarpé. Peut-être ici, près de la route 131.

— Non. J'exclus cette possibilité si la discrétion est de mise, dit l'enquêtrice.

— Dans ce cas, il y a, attendez... quatre ou cinq endroits où le terrain est plutôt plat.

Édouard pointa du doigt les endroits en question.

— Peut-être ici et ici aussi. Ça nous fait environ huit endroits possibles, mais il y en a peut-être davantage. Parfois, entre deux escarpements, on peut trouver une zone où le terrain est plat.

Philippe avança une hypothèse :

— Les stries que l'on voit et qui sillonnent le terrain, c'est un cours d'eau ?

— Possible. À cet endroit, la forêt de conifères est dense. Il est difficile de dire si c'est une rivière ou un fossé entre deux élévations. Mais ici, regardez, à quelques kilomètres au nord il y a un petit lac. Donc il est possible que ce soit en effet une rivière qui va se déverser dans le lac, plus loin sur les terrains voisins. Je vois où vous voulez en venir. Idéalement, la construction serait avantageuse près d'un cours d'eau. Ça nous amène à deux options possibles. Là et là.

— Le plus éloigné de la route.

— C'est ici ! Mais c'est une sacrée distance, trois kilomètres, presque quatre.

— On reste dans le domaine de l'hypothèse, reprit Catherine. Que Baribeau se soit servi des terrains d'Euclide pour éviter les soupçons n'est que supposition, mais il faut à tout prix vérifier cette éventualité. On commencera par l'endroit désigné près de la rivière et éloigné par le fait même du chemin. Nous devons y aller sans perdre de temps. Euclide, je vous remercie sincèrement d'avoir coopéré à nos recherches. Merci de votre accueil, par la même occasion.

— De rien, ma grande. J'espère que toi et ton monde trouverez ce que vous cherchez, même si l'idée me terrifie que ça se soit passé sur mes terrains. Vous me tiendrez au courant ?

— Oui. Si des recherches plus poussées doivent être faites et si nous avons besoin de creuser, nous devrons obtenir votre approbation, alors je vais devoir vous demander de rester disponible et près de votre téléphone.

— Pas de problème, mais essaie tout de même de ne plus m'appeler ou de vous pointer pendant la nuit ! Ha ! Ha ! Ha !

— TOUT LE MONDE ! DÉPÊCHEZ-VOUS DE BOUFFER, ON REPART. JE VEUX QUE L'ON SOIT TOUS DANS LES VÉHICULES DANS CINQ MINUTES ! s'exclama le chef du groupe tactique.

Il est mort

L'avantage quand on marche en forêt les jours de pluie, c'est que le bruit de celle-ci percutant le sol, les feuilles, le tronc des arbres, les rochers et l'eau vient couvrir celui des pas. Les deux éclaireurs attitrés de l'équipe de choc bénéficieraient de cette alliée. Le chemin était long. Ils espéraient tous trouver ce qu'ils cherchaient, d'autant plus que Catherine et Philippe fondaient beaucoup d'espoir sur cette piste. L'heure et quart de route estimée leur parut une éternité. Après tout, leur hypothèse semblait logique. Baribeau était au courant des transferts de terrains quand le paternel de sa femme et d'Euclide avait trouvé la mort. C'était moins risqué pour le démon et ses complices de commettre des actes abominables sur le terrain de quelqu'un d'autre qui, de surcroît, ne pouvait plus y mettre les pieds à cause de son handicap. S'ils se faisaient prendre, la police aurait tôt fait de fouiller chaque parcelle des terres de sa femme et non de son beau-frère, dont les autorités ignoraient même l'existence. C'est exactement ce qu'elle et Philippe avaient fait, tout comme Bertrand et Allan à l'époque. Mais les deux enquêteurs doutaient tout de même de cette théorie puisque sur l'un des terrains de Baribeau, un bunker et une maison avaient été retrouvés. Pourquoi avoir changé de lieu ? Pourquoi Allan et Bertrand n'avaient-ils pas trouvé la maison lors des fouilles des terres de Baribeau la première fois ? Ils ne s'étaient pas donné la peine de traverser la rivière ? Peu importe. Certaines questions du passé resteraient sans doute sans réponse. Sur toute sa longueur, la route 131 entre Sainte-Émélie-de-l'Énergie et Saint-Michel-des-Saints ressemblait à une carte postale tellement les paysages étaient magnifiques. Pendant que Philippe conduisait, Catherine était perdue dans ses songes.

— Tu penses aux deux hommes qui se sont introduits chez

toi ?

— Oui, entre autres.

Philippe n'ajouta rien. Il savait que Catherine devait y repenser à quelques reprises, car ça faisait partie du processus permettant de se remettre de ce genre d'événements. Il le savait plus que quiconque, lui qui avait failli être tué par l'homme responsable de la perte de sa jambe. Le cellulaire de Catherine sonna.

— Oui ! répondit-elle.

— …

— Vous dites ?

— …

— Quand ?

— …

Sans au revoir, Catherine raccrocha, laissa tomber son téléphone entre ses jambes et frappa violemment le tableau de bord avec la paume de sa main. Elle se cacha le visage de ses deux mains et se mit à sangloter.

— Raconte, Catherine ! Qu'est-ce qui se passe ? C'est Nolan, c'est ça ? Il est mort ?

Elle fit un signe négatif de la tête, avant de répondre tout en essuyant ses larmes. Philippe tendit le bras devant

Catherine pour ouvrir la boîte à gants et en sortir un paquet de papiers-mouchoirs. Elle en prit un avant de répondre à Philippe :

— Baribeau a tué l'agent double.

Philippe rangea le véhicule sur l'accotement avant saisir le radio-émetteur et de parler directement avec Pierre-Luc.

— Philippe, à Pierre-Luc. On vous rejoint dans deux minutes.

— OK, bien reçu.

Philippe mit les feux de détresse puis appuya sa tête contre le volant. Catherine s'assura en regardant dans le rétroviseur de sa portière qu'il n'y avait pas de véhicule en approche et sortit pour aller s'asseoir sur le parapet, en bordure de l'accotement. Elle regarda derrière elle, sur la rivière qui coulait en cascade. Elle jeta un œil à la maison sur le cap de roches, sur l'autre rive. À ce moment, elle aurait donné n'importe quoi pour prendre la place du propriétaire de ce chalet et éviter d'être dans sa propre peau. Elle aurait voulu s'éloigner de tout ça, de tous ces morts, de ce démon et de cette enquête. Juste s'asseoir sur ce balcon, en face de la rivière, un thé en main et tout ignorer de cette histoire. Philippe vint la rejoindre. Il s'assit lui aussi sur l'un des madriers du parapet de métal.

— C'était le fils d'un retraité de la police.

— Tu le connaissais ?

— Lui non, mais j'ai croisé son père à quelques reprises. Il va être dévasté. Je n'ose pas imaginer.

— Il va nous en vouloir et avec raison.

— Non, tu te trompes, Catherine. Ce sont les risques du métier et tu le sais aussi bien que moi. Son père en est conscient et lui aussi l'était.

Il y eut un silence de quelques secondes avant que Philippe ne reprenne.

— Comment est-ce arrivé ?

— Ce fou l'a démembré à mains nues, Philippe. C'était pendant la nuit. Les gardiens ont mis du temps à intervenir. Les effectifs de nuit sont plus restreints. On ne nous a pas avisés tout de suite, car peu de gens savaient qui il était en réalité.

Un silence s'installa de nouveau avant que la conversation ne reprenne.

— Comment il a compris ?

— Crois-moi, Philippe, quand je te dis que cet homme lit presque dans les pensées des gens. Il étudie chacun des signes non verbaux quand tu es en face de lui. Il devine et perçoit. Il porte bien son surnom.

— Catherine, je sais que c'est un moment difficile, mais on doit reprendre la route.

— Qu'est-ce qu'on fait si on se trompe et que cette idée ne mène nulle part ? Je vois mal des actes aussi laids faits à ces femmes dans un lieu si majestueux et beau.

— Il faut vérifier chaque piste. Que Baribeau ait pu utiliser les terrains de son beau-frère est l'une de ces pistes. Si ce n'est pas la bonne, on le saura assez tôt. Il recommence à pleuvoir. Allons-y avant d'être trempés une fois de plus.

* * *

Repérer sans se faire repérer. Christian Rocheleau et Harold Dénommé en avaient fait leur spécialité. Cette fois-ci, un long parcours les attendait. Si Édouard avait vu juste sur la carte, les deux hommes se trouvaient bien sur les terres d'Euclide. Les deux véhicules du groupe tactique avaient continué la route après les avoir fait descendre avec un minimum d'équipement pour leur mission. Pierre-Luc voulait éviter d'éveiller tout soupçon en restant devant les terres avec l'équipe. La mission de Rocheleau et de Dénommé consistait à trouver, à l'intérieur des cent-soixante arpents, toute trace d'activité humaine. Ils devaient se rendre à un endroit précis, une parcelle de terrain plat de quelques kilomètres carrés, le long d'une rivière située à 3,6 kilomètres de la 131. La pluie recommençait à tomber abondamment. Marcher dans une forêt dense en étant armés et sans connaître parfaitement sa destination avait quelque chose de particulier. Alors qu'une personne normale avançait à quatre kilomètres à l'heure en moyenne, les deux hommes devaient faire du un kilomètre à l'heure, peut-être un kilomètre et demi. Les crampons de leurs bottes les empêchaient parfois de glisser dans les pentes abruptes. Ils marchaient à trois mètres de distance l'un de l'autre. Il n'y avait aucun sentier. Parfois, l'un d'eux devait passer par-dessus des arbres tombés au sol. À tout moment, ils pouvaient communiquer avec le reste de l'équipe et les deux enquêteurs, mais pour l'instant, ils voulaient être le moins bavards possible. Ils devaient voir sans être vus, pour éviter de mettre en danger les femmes séquestrées et leur ravisseur, si femmes et ravisseur il y avait dans ce bled perdu.

L'un d'eux, Christian Rocheleau, pensait même secrètement que c'était une blague d'initiation, car il ne faisait partie de ce groupe tactique que depuis deux semaines. Mais si c'était une blague, elle commençait à s'étirer en longueur. Voilà deux heures maintenant qu'ils marchaient ensemble. Tous les arbres et rochers se ressemblaient. Tous les horizons aussi. S'ils n'avaient pas eu leur GPS, ils se seraient perdus. Harold leva le poing, signifiant à son collègue d'arrêter. Puis, il pointa sa main deux fois en direction de l'est, à la droite de Christian. Ce dernier ne bougeait plus et ne fit que tourner la tête à sa droite. À une vingtaine de mètres, bien visible malgré cette pluie, une masse noire se déplaçait. Christian regarda son collègue de nouveau et ce dernier put lire sur ses lèvres la prononciation silencieuse du mot *merde*. Harold posa l'index sur sa bouche afin d'aviser son collègue de garder le silence. À leur avis, l'ours ne les avait pas vus. Harold jugeait, à la direction du vent, que leur odeur n'était pas parvenue au museau de la bête. Pourtant, l'animal les avait vus, mais avait seulement décidé de passer son chemin. C'eut été différent s'il s'était senti coincé ou si ses petits avaient été là. L'ours s'éloigna. Ils poursuivirent leur chemin sous la pluie diluvienne. L'imperméabilité de leur vêtement commençait à en prendre pour son rhume. L'eau s'infiltrait petit à petit. Un léger frisson gagnait Harold. Il en venait à penser que c'était peine perdue. Il s'écoula encore une quinzaine de minutes avant que les deux hommes n'arrivent en un lieu où la forêt était parsemée d'arbres tombés au sol. Ils continuèrent d'avancer en direction de cette étendue d'arbres couchés. Cela faisait trois heures qu'ils étaient dans cette forêt. Depuis dix minutes, ils longeaient une falaise de vingt mètres de hauteur, située sur leur droite. Elle s'arrêtait abruptement à l'endroit où les conifères s'étendaient de tout leur long sur le sol. Rendu au premier arbre mort, Harold montra la base à Christian. Les arbres avaient été abattus à la hache, le premier signe de présence humaine dans cette forêt se trouvant à trois kilomètres de la route. Christian pointa son radio-émetteur. Harold lui demanda d'attendre une minute en levant son index. Il pointa ses propres yeux de son index et son majeur, puis il mit l'index en l'air en le faisant tournoyer, annonçant à son partenaire qu'il voulait inspecter le coin avant d'aviser le chef de leur trouvaille. Il enjamba le premier tronc d'arbre. Christian s'apprêtait à faire de même, mais il s'arrêta net. Sur le tronc, quelque chose attira son attention. Il revint sur ses pas et se pencha pour regarder de plus près. Il pouvait aisément lire deux mots gravés dans l'écorce. C'était sans doute une vieille gravure d'une écriture malhabile, faite avec une lame ou quelque chose de pointu. Il fit signe à Harold de venir le rejoindre. Harold se pencha à l'oreille de Christian et lui murmura :

— Jackpot, mec. Prends une photo de ça et envoie-la à l'équipe. Bien vu, mec ! Beau boulot.

Christian se contenta d'approuver d'un signe de tête. Il sortit son appareil et au moment de prendre la photo, il vit son collègue lui faire signe à un mètre de lui. Il le rejoignit et celui-ci lui pointa trois arbres du doigt. Les trois portaient également cette même vieille gravure défraîchie. Deux mots y étaient inscrits, ni plus, ni moins. Christian s'approcha de son collègue à son tour pour lui murmurer :

— Je parie que tous les putains d'arbres abattus ici ont la même inscription. J'envoie les photos au patron et je l'informe des faits.

Harold fit un signe affirmatif de la tête et leva le pouce en guise d'approbation. Christian procéda rapidement. Harold enjamba l'un des troncs d'arbres pour aller observer les autres. En effet, les mêmes mots étaient inscrits sur chacun. Qui avait fait ses gravures ? Il déposa son sac à dos sur un rocher à la hauteur de sa taille et en sortit un thermos. Il regarda ensuite en l'air pour observer le ciel. À son avis, la pluie ne s'arrêterait guère avant un bout de temps. Il aimait pourtant ce bruit de la pluie en forêt. Il versa son breuvage chaud dans le couvercle dévissé faisant office de tasse et en prit une première gorgée. Il étudia ensuite l'environnement et promena son regard tout autour de lui.

— Et merde ! s'exclama-t-il à haute voix.

Jérôme

— Allez grimpe ! C'est ton tour. Mais comme tu vois, il fait un temps de merde. Tu veux toujours y aller ?

Il regarda sa mère qui approuva de la tête. Elle venait de placer la petite couverture de coton sur son bébé de dix-neuf mois, endormi depuis peu. Il commença à grimper l'échelle menant vers l'extérieur de sa prison.

— L'eau rentre par une fissure, Maurice. Il y a de l'eau au sol et ça devient très humide la nuit.

— J'y peux rien. Les rénovations, ce n'est pas mon département.

— Je sais, mais il nous faudrait une couverture de plus pour les enfants.

— Une couverture, je ne peux pas. Mais je vais t'apporter un des radiateurs qu'on vous laisse l'hiver. Ça te va ?

Bella se contenta de hocher la tête en signe d'approbation tout en envoyant la main à son fils qui profitait d'une demi-journée à l'extérieur. Le couvercle du bunker se referma. Une fois dehors, le petit Jérôme, cinq ans, regarda Maurice lui poser la menotte à la cheville. Puis, il fixa le long fil de métal gris qui allait jusqu'à la maison. Il pouvait s'éloigner d'une vingtaine de mètres. Il prit le fil dans ses mains pour ne pas en sentir le poids autour de sa cheville, puis se dirigea vers son endroit préféré. Maurice eut une dernière parole pour lui :

— N'oublie pas la règle !

— Je sais. Si je tente de crier ou de me sauver, tu tues ma mère et mon frère ! répondit l'enfant sans même se retourner.

En s'éloignant, il passa sous un tronc d'arbre jadis brisé par la foudre, puis par-dessus un autre, jusqu'à contourner la falaise et s'assit où il y avait des fougères. Adossé au rocher, il était déjà trempé. Il prit quelques feuilles d'arbre au sol et huma celles-ci. C'était son odeur favorite. Puis, il se figea sans dire un mot, les yeux écarquillés. Du haut de ses cinq ans, il se mit à trembler de tout son être. Devant lui, à environ cinq mètres de distance, un homme vêtu de noir regardait le ciel. Il tenait un contenant d'où émanait de la fumée. Cet homme avait une couleur de peau qu'il n'avait jamais vue avant, mais sa maman lui en avait parlé dans le bunker. Elle disait que les humains avaient différentes couleurs de peau. L'homme posa son regard sur lui après avoir regardé les environs et, en le voyant, là, assis dans les fougères, il s'exclama :

— Et merde !

Christian Rocheleau

Depuis cinq ans, Rocheleau avait intégré l'escouade tactique. C'est dans son patelin natal qu'il avait débuté. Ottawa était une ville qu'il aimait bien et toute sa famille s'y trouvait encore, mais il avait choisi d'aller vivre à Québec près du Château Frontenac, par amour. Sa copine y travaillait comme directrice du personnel. Ils s'étaient rencontrés dans une soirée au bar *Le Dagobert*. Coup de foudre. Il était de passage sur l'invitation d'un ami de l'escouade où il travaillait. Un an plus tard, il demandait son transfert. Le voilà aujourd'hui dans une forêt au milieu de nulle part, loin de sa douce moitié et trempé jusqu'aux os, à envoyer la photo d'une gravure sur un tronc d'arbre à son chef. Il entendit Harold, son coéquipier s'exclamer :

— Et merde !

Au début, Christian crut qu'Harold venait de voir de nouveau un ours. Les chances de croiser un ours deux fois dans la même journée devaient être rares. Il regarda ensuite dans la même direction que son collègue. À cinq mètres d'eux environ, un enfant était assis dans les fougères. Harold s'adressa à l'enfant :

— Oh, petit ! N'aie pas peur. On ne te veut pas de mal. Tu es seul, petit ? C'est quoi ton nom, dis-nous ?

L'enfant regarda Harold, puis Christian et Harold de nouveau, avant de prendre ses jambes à son cou sans empoigner le fil de métal. Il boitait en courant. Il contourna la falaise puis passa par-dessus l'un des troncs d'arbres. Christian courut à son tour en direction du petit. Harold vit la menotte et le fil de métal liés à la cheville du garçonnet et perdit ce dernier de vue, au moment où il contournait la falaise. Puis, il vit son partenaire se lancer à la poursuite du gamin.

— NON, CHRISTIAN !

— ÇA VA, JE L'AI PRESQUE !

Christian contourna la falaise à son tour, puis vit le gamin coincé, étendu au sol et se tenant la cheville. Il était passé par-dessus l'arbre alors qu'à l'aller, il était passé dessous. Le fil de métal était coincé autour du tronc.

— OK, petit. Tout va bien, on te veut pas de mal, on est des amis.

Harold avançait prudemment et était sur le point de contourner la falaise aussi.

— CHRISTIAN !

— OUI, ÇA V...

À trois kilomètres de là

Un vieux chemin de campagne. C'est à cet endroit que le groupe tactique s'était réuni en attendant le compte rendu des éclaireurs.

— Je n'en peux plus d'attendre. Comment vous faites, Pierre-Luc ?

— Ça, Catherine, c'est l'habitude. Ça peut prendre encore du temps, à la grandeur de territoire qu'il y a.

Catherine alla dehors pour faire les cent pas sous la pluie. C'était ce qu'il y avait de mieux à faire, dans ces circonstances. Un des membres de l'équipe leur avait apporté, à Philippe et à elle, un manteau de l'escouade à l'épreuve des intempéries. Son collègue tentait de passer des appels au chef de Jean Maçon, tué par Baribeau dans la cellule. Pierre-Luc sortit à toute vitesse du poste arrière de l'un des deux véhicules de l'escouade.

— CATHERINE, PHILIPPE, VENEZ VOIR, VITE !

Tous deux allèrent à la rencontre du chef.

— Regardez ! L'un des deux éclaireurs vient de m'envoyer ces photos.

Sur le premier cliché, les deux enquêteurs virent la base d'un arbre coupé à la hache. C'était un signe d'activité humaine. La seconde photo donna froid dans le dos aux trois membres des forces de l'ordre. Une gravure avait été faite sur un tronc d'arbre avec deux mots :

AIDEZ-NOUS.

Soudain, un bruit sourd retentit en écho dans toute la forêt. Les trois regardèrent en direction de la forêt.

— Ce n'est pas le tonnerre, c'est un coup de feu. C'est un coup de feu, nom d'un chien !

Plusieurs autres tirs se firent entendre.

— Harold, au rapport.

— Harold, on entend des coups de feu ! dit son chef.

— Je vois Christian au sol ! Mais quand je tente de m'approcher en contournant la falaise, j'essuie des tirs. Il y a un gamin de cinq ou six ans, enchaîné par la cheville. Il est près de Christian et il ne peut pas bouger.

— OK. Longitude et latitude, on vient vous rejoindre.

— Longitude 46-592638. Latitude 73-881181.

— OK, on entre dans la forêt, on vient vous chercher, ne bougez pas.

— Je dois aller chercher Christian.

— Non, tu ne bouges pas, c'est un ordre, le kid. Attends l'arrivée des renforts.

La voix d'Harold était empreinte de nervosité.

— Harold, c'est Catherine. Vous dites, un gamin enchaîné ?

— Exact, madame, je confirme. Il a cinq ou six ans.

— Avez-vous vu la personne qui vous tire dessus ?

— Non, mais ils sont plusieurs. Les coups de feu étaient rapprochés et au son je dirais que ce sont deux armes différentes.

Un gamin enchaîné. Tout tournait rapidement dans la tête de Catherine qui était sur les pas de Philippe. Il enleva le manteau fourni par l'escouade et elle fit la même chose. Il était hors de question d'entrer dans ce bourbier de conifères sans veste pare-balles. Ils participèrent ensuite à ce qui allait devenir l'un des événements les plus marquants dans les archives judiciaires de Lanaudière.

Automne mortel

En avançant d'un pas rapide, il leur fallut cinquante-cinq minutes pour rejoindre Harold et Christian. Le chef d'escouade retrouva Harold adossé à un arbre, à l'abri de tirs potentiels.

— Raconte.

Harold relata leur arrivée sur les lieux et le moment où le gamin s'était mis à courir.

— J'ai dit à Christian de pas lui courir après, mais il ne m'a pas écouté. Il a contourné la falaise et c'est là que j'ai entendu le coup de feu. Je suis arrivé au bout de la falaise et j'ai vu Christian face contre le sol et le petit, un peu plus loin qui pleurait. J'ai essuyé une salve de tirs, cinq ou six coups de feu, je dirais. C'est le calme depuis. Il y a une maison à maximum trente mètres après la falaise. J'ai suivi vos ordres et je vous ai attendus. Dites-moi que Christian bouge encore, chef !

— Il ne bouge plus, petit. On regarde pour un plan dans le but de les récupérer, lui et le gamin. Va rejoindre Édouard. Reste dispo, on va avoir besoin de toi, kid. Attends ! Merde, t'es touché. Tu saignes.

Sous le coup de l'adrénaline et de l'état de choc, Harold ne s'était pas aperçu qu'il avait été touché au bras gauche.

— OK, on t'évacue du secteur. Je vais demander à Raymond de t'accompagner au véhicule un.

— Non. Non, chef. Je veux rester, je peux rester, c'est superficiel.

— T'as fait ton job. Harold, je suis fier de toi. On va s'occuper de Christian et du petit. Toi, tu rentres au bercail pour te faire soigner. Des véhicules tout-terrain arriveront sous peu. On est ici pour plusieurs heures. Tu risques de perdre beaucoup trop de sang si tu restes tout ce temps. Allez, le kid. Go ! Va retrouver Raymond.

Pierre-Luc rejoignit le groupe adossé à la falaise.

— On a de quoi couper le fil de fer ?

— Oui, chef.

— OK, le plan, c'est de lancer une première bombe fumigène pour voir leur réaction. S'ils ne tirent pas, on en lance une seconde et on va chercher notre homme et le petit. Édouard, à première vue pour Christian, ça dit quoi ?

Édouard se contenta d'un non de la tête. L'espace d'un instant, l'équipe fut secouée.

— On se ressaisit et on procède. Il faut dire au petit de se coucher au sol. Ça va devenir dangereux.

— Je vais lui parler, dit Catherine.

— OK, mais ne dépassez pas le coin du rocher ou alors vous serez exposée aux tirs ennemis.

— D'accord.

Catherine ne perdit pas de temps. Elle longea le rocher jusqu'au bout, sans s'exposer. Elle était suivie par celui qui avait pour mission de lancer le fumigène.

— Petit, est-ce que tu m'entends ? Je suis ici, regarde.

Elle agitait les bras sans dépasser la limite sécuritaire. Elle voyait le petit assis par terre. Il avait cessé de pleurer et se tenait la cheville.

— Je ne peux pas vous parler.

— Je sais, petit, mais c'est important. Est-ce que tu sais qui essaie de nous faire du mal, à mes amis et à moi ?

Jérôme répondit dans toute la naïveté de l'enfance :

— Il s'appelle Maurice. Il nous apporte à manger.

— OK, je comprends. Est-ce que tu sais si Maurice est seul ?

— Non, il y a celui qu'on voit moins souvent avec lui. Lui, il est méchant.

— Est-ce que tu es tout seul ? Ta mère est où ?

— Elle est dans le trou avec mon petit frère et je dois y retourner sinon ils vont la tuer. Ils vont tuer mon petit frère aussi.

— Personne ne va tuer ta mère. Est-ce que tu veux bien me dire ton nom ? Moi, c'est Catherine.

— Jérôme. J'ai mal à la cheville. Je veux voir maman.

— OK. Regarde ce qu'on va faire. Il faut que tu te couches dans l'herbe d'accord ? Les messieurs vont encore tirer et je ne voudrais pas que tu sois blessé. Il va y avoir de la fumée, mais ne t'inquiète pas, c'est nous qui allons faire beaucoup de fumée, d'accord ?

— Je veux pas qu'il tue ma mère et mon petit frère.

— Je sais, Jérôme. Je vais t'aider, d'accord ? Mais pour le moment, tu dois te coucher par terre et tu ne te relèves que quand je te le dis, d'accord ?

Jérôme ne répondit pas et se contenta de s'étendre sur le sol. Il prit une poignée de feuilles et huma celles-ci en fermant les yeux et il recommença à sangloter.

— Ça va aller, Jérôme. Reste bien étendu sur le sol.

Le membre de l'escouade dégoupilla la bombe fumigène et la lança entre la demeure et son collègue inerte. Une légère fumée se dégagea et devint bientôt beaucoup plus dense. Puis, avant que se soient écoulées dix secondes, une salve de six coups de feu se fit entendre. Les balles percutèrent les arbres au sol, à quelques mètres des forces de l'ordre.

— Jérôme ? demanda Catherine. Tout va bien, je suis là !

— J'ai peur.

— Je sais, moi aussi, mais ce sera bientôt fini et tu pourras retrouver ta maman et ton frère, OK ?

— OK.

De nouveaux coups de feu retentirent.

— Ne t'inquiète pas, Catherine, dit Pierre-Luc dans le radio-émetteur. Le petit est protégé par une énorme pierre, il ne risque rien. Tant qu'il reste couché, ça va aller.

— Reste bien couché, Jérôme ! Tu ne te relèves que quand je te le dirai, d'accord ?

— Oui. Mais j'ai peur qu'il tue ma maman et mon frère.

— Je sais, mais t'inquiète pas, nous allons les protéger. Ils sont dans un trou, tu dis ?

— Oui, dans le sol. C'est là que nous vivons.

— Il y a d'autres personnes dans le trou dont tu parles ?

— Non ! Des fois y a le monsieur qui descend pour faire des choses à ma mère, mais ça fait longtemps que je l'ai pas vu.

Les larmes coulaient sur les joues de Catherine. Comment cet enfant allait-il se sortir de tout ça mentalement ? Pauvre petit. Le radio-émetteur laissa une fois de plus entendre la voix du chef.

— Tout le monde reste en place.

Un peu plus loin, toujours adossé à la falaise, il élabora une nouvelle approche.

— De ce qu'on peut voir, la falaise couvre aussi l'arrière de la maison, c'est bien ça ?

— C'est ce que j'ai vu, dit l'un des membres de l'équipe.

— OK, alors voilà ce qu'on va faire. Deux d'entre vous allez vous rendre sur l'autre versant accessible de la maison.

Vous descendrez par le creux de la butte plus loin pour éviter d'être vus et être protégés des tirs. Quand vous serez là-bas, vous attirerez l'attention des suspects en tirant deux coups de feu en l'air. Ce sera le signal pour nous. Ça créera une distraction et ça nous laissera quelques secondes pour agir. On lancera un second fumigène. Équipe un, Édouard et Jocelyn, vous allez là-bas. Équipe deux, Kirk et Jean, vous récupérez le petit. Équipe trois, c'est moi et pis toi, Big Dan. On récupère Christian. GO ! GO ! GO !

Le plan ne se déroula pas comme prévu. L'équipe un tira les deux coups de feu huit minutes plus tard. Le fumigène fut lancé et les équipes se mirent à la course pour leur mission respective. Le fumigène cessa de cracher sa fumée blanche plus rapidement que prévu. Kirk serait mort sur le coup en recevant une balle en pleine poitrine, s'il n'avait porté sa combinaison pare-balles. Quelques plombs se frayèrent quand même un chemin pour l'atteindre à la clavicule. Jean eut le temps de couper le fil de métal et se colla au rocher en protégeant l'enfant. Pierre-Luc fut atteint à la jambe. Philippe intervint rapidement en s'exposant aux tirs et en répliquant avec son arme, suivi de Catherine et des deux hommes sur l'autre versant. Big Dan eut également le temps de se protéger en reculant et de tirer deux coups de feu, en tenant le corps de Christian sur son épaule droite. Ce fut suffisant pour couvrir la fuite derrière la falaise de toutes les personnes impliquées, y compris Jean et le petit Jérôme. Le bilan était lourd. Un membre de l'escouade était décédé. Christian avait reçu une balle en plein visage. Kirk avait la clavicule fracturée. Harold avait été évacué plus tôt avec une balle dans le bras et maintenant, le chef avait une balle dans la jambe. Jean remit le petit dans les bras de Catherine qui le serra presque trop fort contre elle.

— Tu vas aller avec le monsieur qui est là, d'accord ? C'est un gentil. Je te retrouverai plus tard. Je dois m'occuper d'aller rejoindre ta mère et ton frère, d'accord ?

— Oui.

Elle regarda le petit prendre la main de Jean qui l'éloigna du champ de bataille.

— On ne peut pas attendre, Philippe. Les renforts n'arriveront pas avant trente minutes, dans le meilleur des cas. S'il y a des otages avec elles, elles courent un grave danger.

— Catherine, nous y sommes. Il y a de fortes chances que les femmes que nous cherchons soient ici dans cette forêt, voire dans cette maison. Mais on doit faire les choses comme il faut, sans mettre nos vies en danger. Du moins, dans la mesure du possible. On va essayer la négociation avant de foncer dans le tas. On n'a pas d'autre choix.

L'eau de pluie ruisselait sur tous les visages. Le sol boueux n'aidait en rien les déplacements. Une approche de la maison était risquée, car tout le tour du bâtiment était dégagé. Aucune couverture n'était possible à moins de dix mètres de la maison.

— Équipe un, est-ce qu'une approche pour un assaut est possible de votre côté ?

— Négatif. Pas de couverture possible, je répète, pas de couverture possible. De notre point de vue, la seule possibilité serait de passer par le haut de la falaise pour atteindre le toit du bâtiment, mais on n'a pas l'équipement en ce moment. Il faut attendre les renforts.

— OK, dit Pierre-Luc qui se faisait soigner la jambe par Big Dan en même temps. On va négocier et attendre les renforts.

Catherine rageait intérieurement de ne pas savoir ce qui se passait dans la maison. Le petit semblait parler d'un bunker où se trouverait sa mère. Il y avait plus d'un complice et plusieurs personnes qui tiraient. Ils étaient au moins deux. Elle n'avait pu poser toutes les questions qu'elle voulait au petit Jérôme. Ce n'était pas le moment. Un membre de l'escouade venait d'être tué et plusieurs étaient blessés. Comment pourrait-elle négocier à trente mètres de distance et sans porte-voix ni téléphone ?

— Le haut de la falaise est l'endroit le plus sécuritaire et le plus près de la maison. Elle débute à un kilomètre avec moins de hauteur.

— Tu as raison, Catherine. Ces fous tirent à vue. On ne peut pas montrer le bout de son nez sans risquer de se prendre une balle. Big Dan, toi et Jean, rendez-vous sur le haut de cette falaise. Kirk va rester avec le petit puisqu'il est blessé à la clavicule. Placez-vous au-dessus de la baraque et lancez l'avertissement. Les renforts arriveront avec le nécessaire. S'il le faut, on procédera à l'assaut simultané par les deux côtés et le toit.

La négociation

Ne jamais quitter sa ronde de surveillance. C'était la ligne à tenir depuis des années. Quand Théo avait vu le petit Jérôme arriver en courant, en contournant la falaise, il n'avait eu aucune hésitation. Il avait pris en main son arme de chasse. Puis, sur les pas du petit était apparu un homme en vêtements noirs, avec une arme automatique en bandoulière. Il n'avait pas hésité. Le coup avait atteint sa cible et l'homme était tombé face contre terre. Sa tête avait éclaté.

— MAURICE ! AMÈNE-TOI !

Maurice était arrivé dans la pièce en courant. Il avait

entendu le coup de feu.

— Qu'est-ce qui se passe ?

— Je viens de tuer un homme. Prends ton arme, il n'est pas seul. Regarde, il y en a un autre.

Théo se remit à tirer et Maurice fit de même en ouvrant la fenêtre derrière laquelle il se trouvait.

— Je ne sais pas combien y sont, mais on va tous les buter.

— Ils sont ici pour nous, Théo. C'est fichu.

— Y a rien de fichu. On va devancer le plan, c'est tout. On connaît mieux la forêt que tous ces cons, peu importe combien ils sont. Contente-toi de tirer.

— Jérôme est où ?

— On s'en fout du môme ! Derrière le rocher, à droite, je crois.

Dans sa tête, Maurice savait que c'était la fin et pour être tout à fait honnête avec lui-même, il ne détestait pas cette éventualité. Son père l'avait emmené à la ville à quelques reprises et les gens là-bas semblaient y couler des jours meilleurs et plus beaux que les leurs, dans cette forêt. Il avait vu des gens rire. Ce qui n'était jamais le cas dans cette maison où tout le monde pleurait tout le temps. Là-bas, les femmes se promenaient librement et étaient souriantes. Elles ne ressemblaient en rien à la description que son père lui en faisait. Un père qu'il ne voyait plus d'ailleurs et qui les avait abandonnés, lui et son demi-frère Théo, leur laissant la responsabilité de l'endroit. Là-bas, personne ne se tirait dessus. Il mourait d'envie de revoir cette boîte dans laquelle les personnes bougeaient. Son père avait dit que c'était une invention du diable. Un téléviseur. C'est le nom que son père avait donné à ce qu'il avait vu ce jour-là. Il ne sut combien de temps ses pensées avaient duré, mais le silence commençait à peser lourd. Il y avait plus d'une heure que l'incident s'était produit et aucun signe du second homme en noir, ni de Jérôme. Les minutes qui avaient suivi ses pensées avaient été intenses. De la fumée était apparue. Il avait obéi à l'ordre de Théo de tirer, même si on ne voyait personne dans ce nuage blanc. Deux coups de feu provenant de l'autre versant de la maison avaient éclaté, puis de nouveau de la fumée blanche. Cette fois-ci, les ennemis avaient répliqué et il avait failli mourir. Une balle avait percuté la fenêtre où il se trouvait. Puis, encore le silence. Ce furent de longues et interminables minutes.

— Ils sont nombreux, Théo, et ils le seront bientôt encore plus, je pense.

— Ta gueule, laisse-moi réfléchir.

Quelques minutes s'écoulèrent encore avant que le silence ne soit brisé. Le son provenait d'en haut.

— Ils sont sur la falaise. MERDE !

— Théo, tu les as entendus ? Ils ont dit de sortir les mains en l'air et qu'ils ne tireraient pas.

— Ferme ta putain de gueule, Maurice ! Je réfléchis. Va en bas chercher les munitions et amène ta mère ici, on va s'en servir pour qu'ils restent éloignés.

— Ma mère ?

— Oui, ta mère ! Tu veux peut-être te risquer à aller chercher l'une des autres putes dans les caveaux ? On va se faire tirer avant même d'avoir fait le second pas de course, pauvre con ! Oublie jamais que même si c'est ta mère, elle n'est rien de plus que les autres. C'est la seule sur place, car c'est elle qui doit préparer les repas aujourd'hui, alors BOUGE TON CUL ET VA LA CHERCHER !

Théo se concentra de nouveau sur l'horizon, prêt à user encore de son arme. Maurice ne savait plus. Il n'avait jamais su en fait. Sa mère n'était pas la pute que son père et son demi-frère avaient décrite. C'était même la seule qui lui ait souri dans cette maison. La seule qui lui ait démontré une certaine affection, mais elle avait peur de lui. Il le sentait chaque fois qu'il s'approchait d'elle. Il ne voulait plus de cette vie ni des gens qui pleurent et qui ont peur tout le temps. Cette humidité, ces froids intenables l'hiver. Ces regards et ces têtes basses quand il leur portait la nourriture. Ce qui allait arriver sous peu était impensable. Il ne se sentait pas capable de tenir. Roméo, son oncle qui n'était jamais revenu. Un homme qui lui faisait peur au point d'uriner dans son pantalon quand il s'approchait. Son oncle Patrick n'était pas revenu non plus, depuis deux ans. Et maintenant son père était parti depuis des mois en ne leur laissant qu'un plan meurtrier en guise de salut ! Plan qui ne tenait plus. Il savait que Théo n'hésiterait pas et qu'il tuerait sa mère à lui, Maurice, s'il le fallait. Non. Il ne voulait plus de cette vie. Une fois de plus, cette voix provenant du haut de la falaise retentit :

— Police, je vous demande de jeter vos armes et de sortir les mains en l'air. Il ne vous sera fait aucun mal. Vous êtes encerclés. Je vous le répète, il ne vous sera fait aucun mal, si vous coopérez et suivez nos instructions.

Tout ça allait mal se terminer. Maurice leva son arme et appuya sur la détente.

Inoubliables instants

Un coup de feu fut tiré de l'intérieur de la maison, après que le second avertissement ait été lancé du haut de la falaise par Big Dan. Ce dernier et son partenaire étaient allongés sur le ventre au bord du précipice, pour garder un œil sur la maison, prêts à faire feu au moindre pépin.

— JE VAIS SORTIR LES MAINS LEVÉES, COMME VOUS ME LE DEMANDEZ, SI VOUS ME DONNEZ VOTRE PAROLE QUE VOUS NE ME TIREREZ PAS DESSUS.

Big Dan transmit l'info à l'équipe.

— Big Dan, on a un contact verbal avec le suspect qui manifeste vouloir se rendre.

Puis Jean prit la parole pour aviser le suspect :

— JE VOUS DONNE MA PAROLE QUE PERSONNE NE VA TIRER. NOUS VOULONS VOIR VOS MAINS BIEN EN ÉVIDENCE !

— OK ! JE SORS.

Déjà, l'équipe restée adossée à la falaise se préparait. Le cœur de Catherine battait à un rythme fou. Elle croisa le regard de Philippe qui lui fit un petit hochement de tête et un clin d'œil. Les deux étaient nerveux et voulaient se rendre dans la maison plus que tout.

— Big Dan, j'ai le contact visuel ! Le suspect n'a pas d'arme, mais il est seul. Je répète, il n'y a qu'un suspect pour le moment. Maintenez la position.

En contrebas, l'individu attendait la suite. Jean reprit la parole. Il était trempé jusqu'aux os par la pluie. Tout le monde l'était.

— ON SAIT QUE VOUS N'ÊTES PAS SEUL. ON VEUT TOUT LE MONDE DEHORS !

— IL N'Y A QUE MOI, MONSIEUR, dit Maurice en tentant de regarder vers le haut, mais il recevait des gouttes d'eau dans les yeux.

— IL Y A BIEN MA MÈRE QUI EST AU SOUS-SOL, MAIS ELLE N'EST PAS ARMÉE. L'AUTRE QUI TIRAIT EST MON DEMI-FRÈRE. IL EST MORT... JE L'AI TUÉ, MONSIEUR. JE VEUX PLUS DE CETTE VIE. JE VEUX PLUS DE MORTS. JE SUIS DÉSOLÉ POUR TOUT ÇA !

Big Dan commença un déplacement latéral en se relevant, de sorte à avoir la façade de la maison bien en vue. Jean, qui gardait le suspect en joue, fit pareil.

— Big Dan, à toute l'équipe. Le garçon mentionne avoir tué un second suspect et nous informe qu'il n'y aurait dans la demeure qu'une femme au sous-sol. Il est dans la mire et la couverture est sur la façade de la maison. C'est un go, mais restez prudents.

Maurice regardait au loin. Plusieurs personnes apparurent au tournant de la falaise pour ensuite se disperser en largeur sur le terrain. La plupart étaient vêtues de noir. Un homme et une femme étaient habillés normalement. Cette femme tenait une arme et elle n'était pas prisonnière tout comme celles qu'il avait vues en ville. Les gens s'approchaient. Il ne pouvait détourner son regard de Catherine. Les hommes lui criaient dessus, mais il n'entendait pas. Il entendait la pluie, le tonnerre, mais les voix résonnèrent comme un bruit sourd jusqu'à ce qu'il soit projeté au sol, son regard toujours fixé sur Catherine qui se préparait à entrer dans la maison avec l'autre homme habillé de façon habituelle et deux hommes en uniforme noir. Au moment où elle passa devant lui, leurs regards se croisèrent un bref instant. Il lui sourit. Pas d'un sourire moqueur, mais d'un sourire admiratif. C'était l'une des rares femmes non captives qu'il ait vues de sa vie. Elle n'avait pas l'air de la créature de l'enfer que son père lui avait tant dépeinte. Toutefois, Catherine ne lui rendit pas son sourire. Elle lui paraissait préoccupée. Concentrée. L'un des membres de l'escouade le ramena à la réalité :

— AU SOL ! TU ES SOURD OU QUOI ? PLACE TES MAINS DANS TON DOS.

Les deux enquêteurs laissèrent passer les deux hommes de l'escouade tactique en premier. L'un d'eux dégoupilla une bombe assourdissante.

— Je vous fais signe dès que vous pouvez entrer tous les deux.

Puis, il jeta la bombe à l'intérieur, attendit deux secondes et s'engouffra dans la maison avec son partenaire.

— POLICE ! POLICE !

Il ne fallut que vingt secondes avant de voir apparaître un membre de l'escouade faisant signe à Catherine et Philippe qu'ils pouvaient y aller. Armes à la main, les deux collègues entrèrent. Le plancher était recouvert d'un vieux prélart usé. Devant eux, l'espace était étroit entre les deux murs faits de gypse et troués à plusieurs endroits. La pièce était sombre. Il n'y avait aucun plafonnier, pas d'électricité. Des toiles d'araignées étaient visibles dans les coins. Il n'y avait aucune porte. Les deux policiers virent une pièce à leur droite, un salon comprenant seulement des chaises de bois, aucun fauteuil confortable. Une table basse y était installée sur laquelle on avait placé et allumé plusieurs chandelles. De la cire avait séché à plusieurs endroits sur la table. Sur le sol, le corps d'un homme agenouillé, les fesses sur l'un de ses talons. Il était penché contre le mur et sa tête appuyée de côté sous la fenêtre, les yeux encore ouverts. Sa tête ayant éclaté du côté gauche, il avait sans doute été tiré à courte distance du côté droit. Le sang coulait de la plaie, de sa bouche entrouverte et de ses oreilles. Il devait avoir dans la vingtaine à peine. L'arme, un fusil de chasse, venait d'être saisie au sol par l'un des hommes de l'équipe. Le plafond laissait filer quelques gouttes d'eau qui tombaient les unes après les autres dans une casserole de cuisine, presque remplie. Les deux partenaires firent demi-tour et croisèrent Édouard.

— Au sous-sol, la deuxième porte à gauche.

Il continua son chemin. L'arme en bandoulière, il n'était plus sur le qui-vive, signe pour les deux enquêteurs que tout était OK. Ils rangèrent leur arme dans leur étui. La première pièce ne contenait qu'un matelas au sol. Encore une fois, le plafond coulait, mais dans une chaudière cette fois. Le couloir était plutôt long. Une partie du mur de droite était fait de bois contreplaqué, une réparation de fortune sans doute. Au fond, une pièce dont ils ne pouvaient rien percevoir d'où ils se trouvaient. Une fois arrivés à la seconde porte de gauche, ils trouvèrent des marches assez larges qui semblaient descendre vers un sol en terre battue. Après en avoir descendu quelques-unes, Catherine entendit des sanglots et la voix d'un des hommes qu'elle finit par voir.

— Ne bougez pas, madame je vais couper la chaîne, disait-il.

Elle ne distinguait pas encore la femme, cachée par un meuble de bois qui semblait être une section d'armoire. Puis, une fois sur la terre, elle s'avança pour la voir. Elle crut reconnaître quelques détails de la nouvelle affiche fournie par le local 27. Elle prit une grande respiration pour retenir un sanglot. La femme la regarda. Son visage. Catherine ne l'oublierait jamais.

— Vous êtes Vanessa Desroches ?

La femme lui fit un signe affirmatif de la tête avant d'enfouir son visage dans ses mains et de pleurer à chaudes larmes. Catherine s'avança et la prit dans ses bras. Vanessa appuya sa tête contre l'épaule de l'enquêtrice.

— C'est fini. C'est terminé, la rassura Catherine, en flattant son dos.

Elle sentit les jambes de la captive faiblir.

— Philippe !

Ce dernier se précipita pour retenir la femme qui, disparue depuis le 5 août 2000, eut une faiblesse sous le coup d'une émotion trop forte. Édouard se présenta au bas de l'escalier.

— Catherine, on a un premier bunker. On s'apprête à ouvrir si tu veux y aller. Je vais rester avec elle et la raccompagner à l'étage.

— Oui, d'accord, dit-elle en essuyant ses larmes.

Une minute plus tard, Catherine et Philippe se tenaient près du couvercle du bunker qui venait d'être ouvert. Ils aperçurent une autre femme qui avait placé sa main devant les yeux de son bébé pour lui éviter la luminosité trop soudaine et intense. Elle pleurait. Elle savait. Elle avait entendu les tirs.

— Sortez-moi… sortez-nous. Jérôme ?

— Jérôme va bien, madame. Vous êtes Bella Sanchez ?

— Oui ! OH MON DIEU ! AHHHHHHH !

La femme avait poussé un cri de soulagement, semblable à un reste de douleur retenue. C'était la Jane Do numéro deux.

— Catherine, on en a d'autres ! annonça Pierre-Luc qui s'approchait en boitant.

Au loin, à travers la pluie et le tonnerre, des bruits de moteurs provenaient des renforts qui se frayaient un chemin en véhicules tout-terrain. En tout, sept bunkers avaient été trouvés, dont deux étaient vides. À bout, épuisée, trempée, la tête pleine de questions et les sentiments à fleur de peau, Catherine s'appuya contre un arbre, en retrait. Elle voulait ce court moment pour elle. Après trois minutes, Philippe s'approcha. Elle lui fit un sourire avant de fondre en larmes. Elle se blottit contre lui et il déposa un baiser sur sa tête.

— Catherine, tu as réussi.

— On a réussi. Sans toi, je n'y serais pas parvenue. On les a retrouvées en vie, Philippe. Mais il manque Louise Leduc.

— On en saura plus demain en interrogeant le jeune qu'on vient d'arrêter. Tout porte à croire que les complices manquants étaient en fait les fils de l'un des deux hommes, Roméo Baribeau ou Patrick Bourgeault.

Le retour

Le mauvais temps était la seule chose qui reliait les deux mondes que Catherine avait croisés cette journée-là : la forêt et le patelin où elle habitait. Des édifices étaient érigés à perte de vue et il n'y avait pas de boue. Elle avait vidé le réservoir d'eau chaude en prenant sa douche. Définitivement encore sous le choc des événements qui découlaient de l'enquête, elle était passée par toute une gamme d'émotions. Elle devait rencontrer Philippe à 9 h 00 pour préparer l'interrogatoire. Elle n'avait dormi que deux heures et fonctionnait sur l'automatisme tellement elle était épuisée. Elle avait fait du café dans la nuit et était allée en porter à la patrouille qui montait toujours la garde devant chez elle pour sa protection, depuis les incidents survenus et la mise à prix de sa tête par Baribeau. Elle avait parlé à son commandant qui n'en finissait plus de la féliciter. La haute direction allait préparer une conférence de presse pour 13 h 00 le lendemain. La nouvelle sortirait dans les journaux et à la télé, le matin de cette conférence. Pour le moment, c'était encore une opération secrète. Elle se promettait de prendre deux semaines de vacances quand tout serait terminé, avant de se pencher sur le dossier de *Quiz*, un meurtrier imitant des tueurs en série lors des deux crimes qui lui avaient été attribués, quatre ans auparavant. L'arrivée de l'enquêtrice au bureau se fit sous les applaudissements des autres personnes sur place. Philippe, se pointant douze minutes plus tard, juste à temps pour la réunion, eut droit au même traitement. Le commandant vint les trouver avant qu'ils ne commencent leur préparation à l'interrogatoire.

— Mes deux héros !

Il avait pour eux un breuvage du matin et des croissants.

— On est gâtés ce matin, mon commandant.

— Oui, Philippe. Vous rendez-vous compte tous les deux

241

de ce que vous venez d'accomplir ? Vous avez sauvé ces femmes-là, après des années de captivité.

— Sauf une, dit amèrement Catherine.

— Garde espoir, ils fouillent toujours les deux terrains.

— Ils ne la trouveront pas. Sept disparues, sept bunkers, dont deux de vides : celui où Vanessa était retenue en captivité – mais ce jour-là elle était dans la maison – et l'autre était celui de Louise, j'en suis certaine. Je parie ce que vous voulez que son ADN y sera découvert pendant les analyses.

— Possible, Catherine. Je comprends ce que tu ressens, crois-moi. Je me permets quand même de vous féliciter. Grâce à vous, des femmes et des enfants vont tout faire pour désormais pour retrouver un semblant de vie normale. Certains y parviendront, d'autres non, nous le savons. On a sept enfants qui vont pouvoir grandir dans un monde qui sera autre que l'insalubrité sous terre, dans un contenant de métal. Quatre d'entre eux sont en assez bas âge pour ne garder aucun souvenir de tout ça en vieillissant. Il y aura des échecs et des réussites dans les réhabilitations de ces gens avec le temps, mais crois-moi, Catherine, ça en vaudra le coup, tu le sais aussi bien que moi. Là, en ce moment, c'est le choc, je connais ça. Mais plus tard, tu constateras le plein ressenti de ce que vous venez d'accomplir. Félicitations encore à vous deux ! Je vous laisse.

Le patron sortit.

— Il n'a pas tort, Catherine.

— Je sais, Philippe, mais ça me peine qu'elle ne soit pas avec les autres et qu'on ne l'ait pas retrouvée.

— Allez, on prépare l'interrogatoire. On en reparlera.

L'interrogatoire

Pour les deux enquêteurs, il ne fallait surtout pas oublier que Maurice était d'abord et avant tout une victime lui aussi. C'était le fils d'une captive. Un suspect la veille, certes. Peut-être même que l'une des balles sorties de son arme avait tué Christian de l'escouade tactique ou blessé les collègues de ce dernier. Avant tout, ils avaient devant eux un jeune dont la cervelle avait été remplie de toute la merde de ses bourreaux. Catherine allait laisser Philippe mener l'interrogatoire. Elle savait que pour Maurice, la femme n'était qu'un objet à utiliser. Il serait sans doute réticent à lui répondre. Elle prendrait des notes et interviendrait possiblement à l'occasion pour voir la réaction du jeune prévenu.

— Maurice, avant tout, tu dois absolument savoir que tu as droit à la présence d'un avocat. Je sais que tu as refusé, mais j'insiste sur ce fait.

— Monsieur, je ne sais même pas c'est quoi un avocat.

— C'est celui qui va défendre tes intérêts à la Cour devant un juge, qui va analyser ton comportement et ton implication dans toute cette histoire.

— Je ne comprends pas ce que vous êtes en train de me dire, le juge pis tout ça. Vous, madame, je vous ai vue là-bas hier. Écoutez, je sais qu'il y a un truc qui cloche, je suis jeune, mais je ne suis pas fou. Je vois que vous n'êtes pas attachée comme les autres. Je ne comprends pas trop ce qui se passe en ce moment. Les femmes m'ont été décrites d'une façon qui ne vous ressemble pas, madame, et qui ne ressemble pas à celles que j'ai pu voir quelquefois en allant en ville. Il y a deux choix : soit j'ai raison de penser ce qu'on m'a appris à penser, soit j'ai tort. Je veux tellement avoir tort parce que ma vie est laide.

— On en a pour un long moment, Maurice. On reparlera de ton questionnement plus tard. Comme Catherine disait, tu vas avoir besoin d'un avocat. Tu as refusé, mais pour le cas particulier qui nous concerne, nous en avons contacté un, Maître Ferdinand. Tu vois la vitre qui est là ?

— Oui.

— Il est de l'autre côté. Il nous voit et entend ce qu'on dit.

— Je ne le vois pas.

— Oui, c'est normal, c'est une fenêtre un peu spéciale.

— Comme ce que vous appelez les téléviseurs ? Y avait une vitre et des personnes derrière la vitre.

Philippe regarda Catherine avant de répondre.

— Si on veut, oui. Tu acceptes de répondre à toutes nos questions ? On cherche à comprendre ce qui est arrivé.

— Oui, je vais répondre à toutes vos questions, bien sûr. Je n'ai rien à cacher. Je veux bien vous aider.

— D'accord. On peut peut-être commencer par ton nom au complet.

— Maurice.

— Maurice qui ?

— Juste Maurice.

— Ton père s'appelle comment ?

— Joseph.

Catherine regarda son collègue qui le sentit. Tous deux

réalisaient seulement l'implication d'un complice autre que les deux demi-frères, mais aussi qu'il y avait de fortes chances que le Joseph en question soit Joseph Price. C'était le jeune en retrait sur la photo en noir et blanc, le bras plâtré suite à la fracture infligée par Baribeau au couvent. Celui qui cherchait désespérément à devenir ami avec le démon, à l'époque.

— Ton père avait un autre nom ?

— Non, je ne crois pas.

— As-tu déjà entendu le nom de Price ?

— Non… non, ça ne me dit rien. J'ai jamais entendu.

— Ce n'est pas grave. Dis-moi, ton demi-frère avait le même père ou la même mère que toi ?

— Non, pas la mère. Joseph est notre père à tous les deux. Pour la mère de Théo, il l'a tuée il y a quelques années.

— Attends. Nous voulons être sûrs de bien comprendre. Qui a tué qui ?

— Théo, mon demi-frère. Il a tué sa mère.

— Quel était le nom de sa mère ? intervint anxieusement Catherine.

— Louise. C'était sa deuxième mère, en fait. La première mère de Théo, on ne l'a jamais vue.

Catherine s'appuya contre le dossier de sa chaise. Elle leva les yeux vers le plafond et soupira. Philippe continua :

— Tu peux m'expliquer comment ça s'est passé ?

— J'étais jeune. Je savais que Louise était la première que mon oncle avait tirée des griffes de l'enfer pour tenter de sauver son âme.

— Tirée des griffes de l'enfer, tu dis ?

— Oui. Les femmes qui étaient avec nous étaient tirées de l'enfer par mes oncles et mon père pour sauver leur âme ! Ensuite, pour les empêcher de retourner dans le mal, on les gardait soit dans les caches, soit enchaînées.

Philippe baissa la tête, désolé de ce qu'il entendait de la bouche de l'adolescent visiblement victime d'un lavage de cerveau concernant les femmes.

— D'accord. On reprend où on en était. Comment Théo a tué sa mère ?

— C'était il y a quelques années. Louise avait la permission, comme toutes les autres, de sortir enchaînée durant une demi-journée dans la semaine. Elle a utilisé ces journées pour appeler ses dieux de l'enfer.

— Que veux-tu dire par appeler ses dieux de l'enfer ?

— Elle a gravé avec une pierre sur beaucoup d'arbres des

mots en grosses lettres.

Philippe et Catherine savaient de quels mots il s'agissait. Le message « AIDEZ-NOUS » avait été retrouvé sur une trentaine d'arbres et ils avaient reçu de Christian, peu avant sa mort, une photo de l'une des gravures. C'était donc Louise Leduc qui avait gravé ces arbres dans l'espoir d'être secourue.

— Et sais-tu ce qui était gravé sur ces arbres, Maurice ?

— Mon demi-frère me l'a montré un jour, mais je ne pourrais vous dire ce qui était écrit. Je ne sais pas comment lire ni comment écrire. J'aimerais bien l'apprendre un jour.

— Qu'est-il arrivé ?

— Roméo est entré en furie dans la maison. Mon oncle Patrick a tenté de le raisonner, mais Roméo l'a envoyé dans le mur d'une seule main. Mon oncle a traversé le mur et s'est retrouvé dans l'herbe dehors, inconscient. C'est moi qui suis allé chercher les serviettes pour éponger le sang sur son nez. J'étais encore petit. On a dû réparer le mur avec une feuille de contreplaqué.

— Ensuite ?

— Mon père a dit trois fois toc, toc, toc, à Roméo. On ne pouvait pas lui parler autrement, car il ne répondait pas. Je trouvais ça dingue. Mon oncle Roméo a demandé à mon père où elle était. Dans quel abri souterrain elle se trouvait. Au début, mon père a refusé de le dire. Roméo lui a dit que s'il ne lui disait pas, il les tuerait tous. Finalement, c'est Théo qui a dénoncé Louise. Théo admirait notre oncle Roméo. Je sais pas pourquoi. Il faisait peur à tout le monde. Roméo a sorti un revolver de sous son chandail et a donné l'arme à Théo en lui disant qu'il savait ce qu'il lui restait à faire.

Maurice garda le silence quelques instants. Il se regarda les ongles. Il en rongea un pendant deux secondes, puis reprit :

— Il n'a même pas hésité. Il est sorti, est allé ouvrir l'abri où se trouvait sa mère et a fait feu à trois reprises. Il a rapporté l'arme à notre oncle qui l'a remise dans son pantalon, sous son chandail. Mon père a répété le rituel habituel pour lui adresser la parole et a demandé à Roméo pourquoi il n'avait pas seulement puni Louise au lieu de la tuer. Il n'a pas répondu. Il a passé sa main dans les cheveux de Théo et a tapé deux fois sur son épaule en le regardant. Théo n'en était pas peu fier. Mon oncle a ensuite pris sa hache et est allé abattre tous les arbres qui étaient gravés.

— Est-ce que tu sais ce qu'il est advenu de Louise

ensuite ? Je veux dire de son corps ?

— Non. C'est mon oncle qui l'a sortie du trou pour partir avec.

— Lequel de tes oncles ?

— Roméo. Patrick n'aurait jamais participé à ça, c'était un mou que Roméo disait. Roméo la tenait par le cou, d'une main, un peu comme on transporte un sac de nourriture. Il marchait pour s'en aller et elle pendait sous sa main. Elle avait les bras le long de son corps, ses jambes étaient un peu repliées et ses talons traînaient sur le sol. J'en ai fait des cauchemars pendant des semaines.

— Parle-nous de Roméo.

— Je n'ai pas grand-chose à dire sur lui sauf que l'atmosphère de la maison a drastiquement changé à son départ. Il ne voyait plus très bien. Il avait les yeux qui devenaient blancs avec le temps. Il faisait encore plus peur avec ce regard.

— L'atmosphère a changé dans quel sens ?

— Tout le monde était devenu plus anxieux. Puis, mon autre oncle a voulu partir avec Jérôme, Bella et le bébé quand elle a accouché. Il s'est engueulé avec mon père qui lui disait d'oublier la vie de famille normale et que c'était impossible.

Mais mon oncle insistait de plus en plus, de semaine en semaine. Puis, un jour il a disparu et on ne l'a jamais revu.

Catherine écrivit une note à Philippe.

Il n'est pas au courant de la mort de Patrick Bourgeault.

— Sais-tu ce qu'il est advenu de lui ?

— Non. Mon père a dit qu'il était parti en voyage.

— À partir de quand tu es sorti de l'abri souterrain pour commencer à vivre dans la maison ?

— À dix ans. Mon oncle a débuté notre formation.

— Votre formation ? Tu veux dire quoi par formation ?

— Mon oncle Roméo disait que j'étais assez vieux pour faire partie des gardiens de la rédemption. Théo avait commencé la sienne cinq ans avant. Il était déjà gardien et quand mon oncle n'était pas présent, c'est lui qui me formait.

— Qu'est-ce qu'un gardien de la rédemption, Maurice ?

— Ben c'est celui qui garde prisonnières les pécheresses de l'enfer.

— Les pécheresses de l'enfer ?

— Oui ! Les femmes. Vous savez, non ?

— Non, on ne sait pas, Maurice.

— Ben, les femmes. Elles ont une enveloppe qui attire l'homme vers le mal. On les empêche de faire le mal en les gardant prisonnières.

— Vous étiez combien de gardiens ?

— Moi, mon demi-frère, oncle Patrick et mon père.

— Roméo aussi, non ?

— Non ! Oncle Roméo est l'ange de la rédemption. C'est celui qui choisit les femmes qui doivent suivre le chemin de la rédemption.

— Et ce chemin vers la rédemption dont tu parles, c'est de les enfermer dans des abris souterrains ?

— Oui, entre l'enfer et le ciel. Ben, le paradis. Aussi, pour éviter qu'elles nous fassent le mal, il faut couper leur main gauche. C'est la main du mal chez les femmes.

De l'autre côté, se trouvant dans la salle miroir, l'avocat, Maître Ferdinand, se tourna vers le commandant Renaud.

— Cet homme leur a complètement lavé le cerveau !

— Aux enfants, certainement. Pour les complices, je serais surpris qu'ils aient cru à ce scénario délirant. Ils avaient simplement peur, à mon avis. Peur du démon. Ils ont poussé trop loin leur loyauté envers Baribeau, c'est évident.

— Ils y trouvaient tous leur compte. Vous savez comme moi que le but de ces enlèvements était les viols à répétition et faire de ces femmes des objets sexuels à utiliser quand bon leur semblait. À la limite, ils se sont servis de la démence de Baribeau. Ce sont des amis qui ont cheminé ensemble vers le crime odieux et sans nom.

— Sans aucun doute.

De l'autre côté, l'interrogatoire continuait. Philippe reprit :

— Dans la maison, la chambre qui avait un bureau rouge, c'était à qui ?

— C'est la chambre de Théo.

Philippe ouvrit un dossier et en sortit deux passeports, tous deux sous un faux nom avec les photos de Théo et Maurice. Avec les passeports se trouvaient deux billets d'avion à utiliser dans un mois. Il les plaça bien visibles devant Maurice.

— C'est quoi ? demanda le jeune.

— Tu ne sais pas ?

— Non. Comme je disais, je ne sais pas lire.

— Ce sont des passeports et des billets d'avion pour le Costa Rica.

— Je ne sais pas c'est quoi des passeports, mais je sais qu'on devait prendre l'avion bientôt, oui.

— Pourquoi vous deviez partir ?

— Papa a dit à Théo que notre travail de gardien était

terminé.

— Terminé ?

— Oui. Dans une semaine ou deux, je ne me souviens plus exactement, on devait tuer tout le monde et partir.

— Vous alliez les tuer tous, c'est ce que tu me dis ?

— Oui. C'est l'étape ultime de leur rédemption.

— Et les enfants ?

— Ils sont l'offrande à Dieu parce que sans offrande, les femmes ne pourraient pas avoir leur place au ciel.

Il y eut un instant de silence. L'incrédulité se lisait sur le visage de Philippe. Catherine rageait en dedans et sa haine envers le démon prenait davantage d'ampleur à chaque mot que prononçait Maurice. Ce jeune homme était devenu l'instrument d'un plan totalement tordu et délirant. Tout comme son demi-frère, d'ailleurs. Trois hommes complètement fous, dont leur propre père, avaient utilisé ces deux jeunes pour perpétrer leurs méfaits dans le temps.

— Ton père est où, Maurice ?

— Je ne sais pas. Il est parti il y a quelques mois déjà.

— De la même façon que tes deux oncles ?

— Oui. Je ne sais pas où ils sont allés, mais ils ne sont jamais revenus.

— Mais tu dis que ton père vous a mentionné la fin de votre mission en tant que gardiens ?

— À Théo, oui ! Moi, depuis son départ je ne lui ai pas reparlé et je ne l'ai jamais revu.

— Maurice, j'aimerais que tu me parles de ton père si tu veux bien ?

— Que voulez-vous savoir sur lui ?

— Tu peux peut-être commencer par me dire à quoi il ressemble ?

— Non, ça je ne veux pas.

— Et pourquoi ?

— Parce que je ne sais pas encore ce que vous nous voulez. Ni qui vous êtes. Je ne veux pas que quelqu'un lui fasse du mal. Lui et mes oncles sont sûrement partis chercher d'autres femmes pour les emporter dans un autre lieu afin de commencer leur rédemption. Ils continuent leur mission.

— Tu crois vraiment ce que tu nous dis ? Tu crois qu'ils sont ailleurs à chercher la rédemption de plusieurs femmes, une fois de plus ?

Maurice ne répondit pas à cette question.

— Chacune des femmes que nous avons libérées des abris souterrains ainsi que ta mère avait une lettre avec elle. Une lettre adressée à des gens qu'elles ont connus avant d'être enlevées par ton oncle Roméo. C'est ton père qui leur a fait écrire ou ton oncle Roméo ? Est-ce que tu le sais ?

— C'est mon oncle, mais c'était il y a longtemps. Roméo leur disait toujours qu'elles allaient mourir bientôt. Il leur disait à chaque visite. Il leur promettait de remettre la lettre aux personnes choisies.

— Et il venait souvent ?

— Assez, oui. Je me souviens, petit, il est descendu dans notre abri, à ma mère et moi, à quelques reprises. Elle savait que pour lui parler elle devait faire le triple toc. Il lui demandait à chaque fois si elle avait toujours sa lettre, car bientôt elle allait mourir. Elle le suppliait de ne pas la tuer maintenant et d'attendre que je sois plus grand. Il lui a dit : « Tu sais que dans ce cas, main aguicheuse, tu devras être gentille ». Il a sorti un sac. Dedans, il y avait une main.

— Attends. Une main, tu dis ?

— Oui. Il disait à ma mère que c'était sa main à elle. Celle qu'il lui avait coupée. Il disait : « Tu sais ce que tu as à faire ». Ma mère se tournait vers moi et me demandait de regarder le mur.

— Tu avais quel âge, Maurice ?

— Je ne sais pas, six ans ou peut-être cinq. Je n'ai pas vu après, je regardais le mur comme il me demandait. Il me faisait peur. Sa voix et ses yeux me foutaient la trouille. J'entendais ma mère pleurer et lui, il respirait très fort.

— Maurice, dit Philippe en soupirant et en regardant Catherine, nous allons arrêter notre interrogatoire ici, pour le moment. C'est possible que nous devions nous revoir. On aura peut-être d'autres questions à te poser. Catherine, tu as des questions pour lui avant que l'entrevue se termine ?

— Oui, une seule. Je sais que tu as refusé quand mon collègue te l'a demandé, mais j'insiste. Nous aurions besoin que tu nous en dises davantage sur ton père, en particulier à quoi il ressemble. Tu veux bien ?

Maurice regarda longuement Catherine dans les yeux. Puis, il lui fit un doux sourire, créant un certain malaise. Catherine resta de marbre, attendant de voir si l'adolescent allait répondre. Il finit par le faire, mais ce ne fut pas la réponse à laquelle les enquêteurs s'attendaient.

— Pourquoi tu n'es pas enchaînée, toi ? Pourquoi tu n'es pas dans un abri souterrain entre l'enfer et le ciel ? Pourquoi tu as encore tes deux mains ? Ça fait deux fois que je te regarde dans les yeux et sans que je puisse me contrôler, je souris. Toi, non. Ça doit être le mal que tu exerces sur moi. Le mal dont mon oncle m'a tant parlé. Si j'étais un ange de la rédemption comme mon oncle, tu serais la première que je choisirais…

Les victimes

Catherine et Philippe n'étaient pas au bout de leurs émotions. Dans l'après-midi, ils rencontrèrent trois des sept victimes. Les enfants de toutes les femmes avaient été confiés à une équipe de travailleurs sociaux, à l'exception de Maurice. Plusieurs des femmes devaient encore passer des examens médicaux et, déjà, les psychologues étaient à l'œuvre pour planifier le suivi des victimes. Les rencontres furent pénibles émotionnellement, mais nécessaires à la chronologie des événements, la compréhension de certains faits et l'avancement de l'enquête. Catherine n'arrivait pas à s'enlever de la tête qu'une semaine ou deux de plus et ces femmes auraient été assassinées ainsi que leurs enfants. Elle ne retint que certains propos de la part des trois victimes.

Je ne voyais jamais les visages...

J'ai été violée des centaines de fois...

Je le masturbais avec ma main coupée...

J'ai dû manger mes excréments...

Le géant ne se cachait jamais le visage...

Je dirais un mètre quatre-vingts...

Tous les jours, les premières années...

Est-ce que mes parents sont encore en vie ?

J'ai essayé de me suicider une dizaine de fois...

Ils ont tué mon premier bébé...

Trois fausses couches...

J'ai envie de mourir.

Un mètre soixante-quinze…

On savait que nous étions plusieurs…

On ne se voyait jamais entre nous…

Ils portaient des masques chaque fois…

Les enfants étaient montés contre nous…

Je n'avais pas le droit de dire la vérité aux enfants…

J'avais peur de mon fils Maurice…

Théo était brutal sans raison…

Le géant m'a soulevée par la gorge une fois.

Sa voix…

J'avais des fractures aux côtes…

Ça fait combien de temps que j'ai été enlevée ?

Kidnappée en me rendant au travail…

J'étais battue régulièrement...

Je vomissais la nourriture...

Il me prenait en photo tout le temps...

J'aurais voulu les tuer de la main qu'il me restait...

Entendu les coups de feu, je savais que j'étais sauvée...

Nous étions combien là-bas ?

Je l'ai supplié de me tuer...

Insomnie...

C'était si humide que l'eau perlait sur ma peau...

La vaisselle était en plastique...

J'avais des poux et des puces...

Je crois que j'ai le cancer, car j'ai des bosses partout...

J'ai voulu tuer mon enfant pour lui éviter cette vie...

Vous les avez arrêtés ?

Il voulait ma rédemption...

La main gauche...

Des cauchemars même éveillée...

Un plan pour m'évader mais la chaîne à ma cheville...

Des araignées partout...

J'ai tellement prié...

Si je meurs, qui le saura ?

Le pain était moisi...

Je peux avoir un vrai repas ?

M'appelait main cajoleuse...

Je vais y retourner pour brûler cet endroit...

Vous savez ce qu'ils ont fait de mes deux filles ?

Ils appuyaient leur tête sur mes seins...

Stupeur générale

Déjà, les journaux, la radio et la télévision mentionnaient la nouvelle. Les journaux internationaux et les sites web commençaient aussi à répandre comme une traînée de poudre l'incroyable nouvelle. Les noms des victimes étaient gardés confidentiels pour le moment, car certaines familles n'avaient pas encore été mises au courant. Un travail ardu de recherches était fait pour les retrouver. Les informations entraient au compte-gouttes. Tout le monde voulait savoir qui était Catherine Tremblay du Département des affaires non résolues. Déjà, on faisait l'énumération de la carrière de

Philippe Arsenault, de son implication dans l'enquête du Maître des énigmes quelques années plus tôt et de l'accident qui avait mis fin à sa carrière. On évoquait le lien de parenté entre Catherine et Jay Harrington. Les journalistes tentaient même de joindre ce dernier pour en savoir davantage sur Catherine, sa cousine. L'État-Major reçut les félicitations du ministre de la Justice. Le premier ministre par intérim, Ernest Gravel, reporta même ses premiers rendez-vous de la journée pour lire, écouter et regarder tout ce qui se disait sur le sujet. Catherine et Philippe continuaient de leur côté à travailler d'arrache-pied pour enquêter sur Joseph Price dans les registres judiciaires. Aucun des huit Joseph Price vivant au Québec n'avait de casier judiciaire. Trois d'entre eux étaient trop jeunes pour être le père de Maurice et Théo et deux n'avaient pas l'âge pour être le Joseph Price recherché. Ils avaient donc organisé des opérations policières dans trois régions différentes, en simultané ou presque, pour placer en garde à vue les trois autres hommes portant le même nom et prénom, le temps de vérifier si l'un d'eux était le Joseph Price recherché. L'un se trouvait à Repentigny, le second à Papineauville et le dernier au Bic.

— J'aurais préféré qu'ils soient tous de la même région,

dit Philippe qui allait devoir faire un ou deux de ces trajets.

Ils attendaient la confirmation de la troisième intervention au Bic, par la Sûreté du Québec. Celle-ci arriva dans l'heure qui suivit.

— Je me tape Repentigny et Papineauville et toi le Bic, ça te va ?

— Comme tu veux, Catherine. Est-ce que l'un des trois a résisté durant les interventions ?

— Non, aucun. Les trois collaborent.

Le premier rencontré fut le Joseph Price de Repentigny, ville étant la plus près de Saint-Zénon. L'homme assis en face de Catherine avait soixante-et-onze ans, était chauve et mesurait un mètre quatre-vingts, comme mentionné par l'une des victimes. Il répondit à chacune des questions de Catherine. Il était cuisinier de métier et travaillait au restaurant *Le BBQ de Florence*. Catherine y avait déjà fait un saut pour un repas organisé par une collègue de la police, quelques années auparavant. Il était marié et père de deux enfants qui ne demeuraient plus chez lui puisqu'ils étaient dans la trentaine tous les deux. Catherine aurait eu besoin de parler à son épouse rapidement, de lui poser des questions sur les allées et venues de son mari et de vérifier avec elle la version de certains propos de l'entrevue, pour en confirmer la concordance. Êtes-vous déjà allé à Saint-Michel-des-Saints ? Avez-vous eu d'autres enfants hors mariage ? Accepteriez-vous que nous fassions un prélèvement d'ADN ? Connaissez-vous Roméo Baribeau et Partrick Bourgeault ? Avez-vous fréquenté le couvent des sœurs de la bonne parole de Dieu ? Elle se rendit ensuite à Papineauville, alors que de son côté, Philippe arrivait presque au Bic pour rencontrer le second Joseph. Ce dernier eut droit aux mêmes questions que le premier homme rencontré par sa collègue. Ces questions avaient été soigneusement choisies par les deux partenaires, le matin même. Celui qui se trouvait devant Philippe était un célibataire de soixante-neuf ans. Beaucoup d'informations données par cet homme restaient à vérifier et certaines étaient même contradictoires. Sans famille, il vivait un peu comme un ermite. Depuis quelque temps, sa condition rénale l'obligeait à effectuer des visites médicales régulières. Cela pourrait correspondre au fait que le père de Maurice avait disparu depuis quelques mois. À la question s'il avait fréquenté la municipalité de Saint-Michel-des-Saints, il avait répondu qu'il connaissait bien Lanaudière, mais qu'il ne fréquentait plus ces lieux depuis sa jeunesse. Après la rencontre, il fut relâché, mais comme il l'avait été décidé, une filature avait été organisée pour chacun des trois afin de ne pas les perdre d'une semelle. Philippe se rendit au premier motel qu'il trouva afin d'y réserver une chambre. Il ferait lui-même certaines vérifications en lien avec les propos de l'homme qu'il venait d'interroger. Il appela Catherine :

— Tu en es où ?

— Je sors de mon entrevue à Papineauville. Je reprends la route vers Montréal.

— Et c'était comment cette rencontre ?

— C'est un homme de soixante-treize ans, souffrant de Parkinson. Il demeure chez sa fille et son gendre. Il a toujours son permis de conduire mais n'a plus de véhicule depuis plus de dix ans, alors je serais très surprise qu'il soit le Joseph Price que l'on recherche. Toi, ça donne quoi ?

— C'est difficile à dire, mais certains points restent à vérifier alors je vais passer la nuit ici. Il a un problème aux reins qui l'oblige à fréquenter l'hôpital régulièrement, ce qui pourrait correspondre à l'absence depuis quelques mois évoquée par Maurice. Il connaît Lanaudière également. Comme il vit seul, certains faits sont difficilement vérifiables, mais je vais voir ce que je peux faire.

— Les médias surchauffent sur l'affaire en ce moment.

— Oui, je sais.

— J'aurais voulu voir la tête de Baribeau en prison.

— Avec tout ce qu'on a, il y terminera très certainement ses jours. Un nouveau procès l'attend.

— Oui. Je suis un peu sous le choc concernant cette histoire, je t'avoue.

— Oui. Moi aussi. On se reparle dès qu'il y a du nouveau ?

— Oui. Bonne soirée, Philippe.

— Bonne soirée, Catherine.

À peine eut-elle fermé la ligne que son téléphone sonna de nouveau.

— Je parle bien à Catherine Tremblay des affaires non résolues ?

— Oui, qui est-ce ?

— Je suis Réal Duguay, le médecin légiste qui pratique l'autopsie d'un dénommé Théo.

— Oui, c'est un décès lié à mon enquête.

— J'ai trouvé quelque chose qui pourrait vous intéresser. Vous pouvez passer me voir à la morgue ?

— Je peux y être dans une heure quinze.

— Oui, pas de soucis, je vous attends.

Les souliers de Théo

Catherine avait pris un repas rapide dans un casse-croûte de Lachute sur le chemin du retour. *Il vaut mieux manger avant de passer à la morgue qu'après*, se disait-elle. Elle était dans la police depuis quelques années, mais ça ne voulait pas dire que tous ceux et celles qui en faisaient partie s'habituaient à voir des cadavres. Catherine était de ceux que ça répugnait. Ça faisait partie de son boulot, mais à chaque fois, elle avait du mal à se défaire des images que ça engendrait. Même en photos, dans son cas. Pas de quoi créer un traumatisme quelconque, mais la vue d'un corps disséqué lui coupait l'appétit. De là, sa décision de manger avant. À son arrivée à la morgue, elle se présenta à Réal Duguay, médecin légiste.

— Allons à mon bureau.

— On ne va pas voir le corps ?

— Non. Ça ne concerne pas le corps directement.

Cette affirmation intrigua l'enquêtrice, mais elle se sentait soulagée d'être ainsi épargnée de la vue du corps de Théo. Elle avait encore l'image de ce dernier agenouillé avec une partie de la tête éclatée. Une fois assise, Catherine remarqua une paire de souliers dans un grand sac de plastique transparent. Elle se rappela avoir vu ces chaussures aux pieds de Théo, dans la maison.

— Ce sont ses chaussures ?

— Oui et c'est justement de cela que j'aimerais vous parler.

— Je vous écoute.

— Quand j'ai déshabillé le corps, j'ai commencé par les chaussures pour lui retirer le pantalon et le reste. J'ai alors observé quelque chose d'inhabituel sur sa chaussure droite.

— Quoi donc ? Vous m'intriguez.

— Ben voilà, sur la semelle, plus précisément le talon, il y avait quatre petits clous que l'on ne retrouve pas sur le soulier de gauche. Et en vérifiant de plus près, je me suis aperçu que le talon pouvait se retirer. J'ai trouvé cela dans le talon creux de son soulier droit.

Le médecin légiste tendit un petit bout de papier sur lequel était inscrit *Maxime, 514-555-2355.*

Un quatrième complice ?

Le numéro de téléphone correspondait à un bureau de notaire. Maxime Labranche. Qu'est-ce qu'un notaire venait foutre dans cette histoire ? Surtout, qu'est-ce qu'un suspect dans une histoire de séquestration, de meurtres et d'une kyrielle d'autres actes odieux faisait avec son numéro de téléphone caché dans le talon de son soulier ? Ils n'avaient pas le temps de parler en face à face de façon officielle avec Maurice. Elle convint au téléphone avec Philippe qu'il fallait procéder à une opération d'interception de Maxime Labranche. Un appel téléphonique avec un numéro bidon au bureau du notaire, par l'entremise de sa secrétaire, leur assura qu'il s'y trouvait. Une recherche informatique à la Chambre des notaires du Québec permit d'obtenir une photo de l'homme en question. Il était dans la soixantaine avancée. Est-ce que Maxime Labranche pouvait être un nom de couverture qui cachait en réalité la personne de Joseph Price ou pire encore, pouvait-il aussi être un suspect de plus dans cette affaire qui possédait encore des secrets ? Était-ce un ami de Baribeau, inconnu jusqu'alors dans cette enquête ? Une heure après, tout le monde avait pris place dans la rue à bord de quatre véhicules banalisés différents, dont l'un était occupé par Catherine. Maxime Labranche ne sortit que deux heures trente plus tard avant de s'engouffrer dans son Audi Sport. Il démarra sa voiture et s'engagea dans la rue. Dès ce moment, des sirènes se firent entendre. Un véhicule avec gyrophare lui bloqua le chemin en sens inverse et un autre fit la même chose à l'arrière. L'Audi Sport se retrouva non seulement coincée, mais Maxime se vit entouré par quatre personnes pointant une arme dans sa direction.

— ÉTEIGNEZ LE MOTEUR ET SORTEZ DE VOTRE VÉHICULE, LES MAINS EN L'AIR ! LAISSEZ VOS MAINS BIEN EN VUE !

Dès que le vieil homme eut éteint le moteur, un policier ouvrit la portière. Catherine le somma de sortir et de mettre ses mains sur le capot de son véhicule, les armes toujours pointées sur lui.

— Qu'est-ce qui se passe, merde ? Vous vous trompez de personne !

— MONSIEUR, LES MAINS SUR LE CAPOT ! FAITES CE QUE JE VOUS DIS !

L'homme obtempéra aux instructions de cette femme qu'il ne connaissait pas. Déjà, on lui mettait les mains dans le dos et on le menottait.

— Asseyez-le dans mon véhicule, je vais le questionner ici.

L'homme fut placé sur le siège arrière de la voiture de Catherine. Elle prit place, quant à elle, sur le siège conducteur et se tourna légèrement pour voir le prévenu de face.

— Vous êtes bien Maxime Labranche ?

— Oui ! Mais oui ! Allez-vous me dire ce qui se passe, nom de Dieu ?

Catherine ne répondit pas à sa question. Un policier lui tendit le porte-monnaie de Maxime, par la fenêtre avant du côté passager.

— Tout a l'air beau.

— Les pièces d'identité sont vérifiées ?

— Oui, rien de louche, il est *clean*.

— Merci.

Elle s'adressa de nouveau au notaire :

— Monsieur, connaissez-vous un certain Théo ?

— Quoi ?

— Théo. Connaissez-vous un dénommé Théo, un jeune homme dans la vingtaine ?

— Non, mais pourquoi ?

— Connaissez-vous un certain Joseph Price ?

— Non plus, madame. Je ne comprends pas ce qui arrive, là.

— Peut-être est-ce l'un de vos clients ?

— Non… non, ça ne me dit rien. Je voudrais bien qu'on m'explique, s'il vous plaît.

— Monsieur, je m'appelle Catherine Tremblay. Comme vous avez pu le constater, je suis de la police et l'un des suspects sur lequel j'enquête avait votre numéro de téléphone sur lui. Êtes-vous sûr de ne pas connaître un certain Théo ?

— Madame, je suis certain de ça, mais sachez que, de mon côté, je ne travaille que les dossiers prêts à être exécutés.

Peut-être que vous pourriez poser la question à mon assistante, car c'est elle qui prépare tous mes dossiers. Elle est encore au bureau. Je peux l'appeler et lui demander, si vous voulez ?

— Je vais l'appeler. Est-ce le 514-555-2355 ?

— Oui, oui, c'est mon bureau et c'est elle qui va vous répondre.

Catherine composa.

— Bureau du notaire Maxime Labranche, bonsoir.

— Bonjour, madame, je m'appelle Catherine Tremblay, je suis avec votre patron en ce moment. Il a une question à vous poser.

— Allô, Suzanne. Dis-moi, est-ce que l'on a un dossier quelconque qui implique un dénommé… ?

— Théo !

— Oui, c'est ça, Théo !

— Ça me dit quelque chose, je vérifie. Ça va ?

— Oui, oui, je t'expliquerai. Tu peux vérifier rapidement, s'il te plaît ?

Un court moment de silence, puis de nouveau, la voix de Susanne se fit entendre :

— Oui ! On a un Théo Price ! C'est un dossier préliminaire

en attente pour le transfert d'une somme qui sera placée en fiducie. Voulez-vous savoir le montant ?

Catherine fit un signe affirmatif de la tête.

— Oui, Suzanne, dit Maxime.

— J'ai un montant de sept-cent-cinquante-mille dollars qui sera transféré à Théo, dès que j'aurai la paperasse du demandeur. C'est donc un dossier en attente d'une date indéterminée.

— Suzanne, c'est Catherine. Pouvez-vous me donner le nom du demandeur, je vous prie ?

— Maxime, est-ce que je peux ?

— Oui, oui, Suzanne, c'est correct.

— OK, attendez... Le nom apparaissant au dossier est Roméo Baribeau.

Le démon

Catherine attendait sur le stationnement de la prison depuis douze minutes quand elle aperçut le véhicule de Philippe se stationner à ses côtés.

— Désolé du retard, j'ai fait le plus vite que j'ai pu.

— T'excuse pas, ça fait peu de temps que je suis là aussi. J'ai apporté le café. Le rendez-vous est dans quarante minutes seulement, alors on a le temps de bavarder un peu. Tu as fait bonne route ?

Ils discutèrent un moment et elle lui raconta l'épisode du notaire dans les détails.

— Je lui poserai des questions à cet effet.

Ils étaient maintenant à l'intérieur, après les procédures d'identification et de sécurité. Ils signèrent le registre, laissèrent leur arme au gardien et furent escortés par un autre garde jusqu'à la salle des visites. Catherine remarqua immédiatement que l'épaisseur de la vitre avait doublé. Elle savait que c'était en lien avec sa précédente visite. Une longue attente débuta. Vingt-trois minutes plus tard, Baribeau apparut, menotté aux poignets et aux chevilles. Il sourit à la vue de Catherine et jeta un regard de feu à Philippe, malgré le voile blanchâtre qui couvrait désormais ses deux pupilles. Il prit place dans le parloir et décrocha le téléphone. Catherine fit de même.

— Toc, toc, toc, Roméo.

— Qui est là, main du paradis ?

— Celle sur laquelle tu as mis un contrat.

— Ha ! Ha ! Ha ! Sans ce sale traître à qui vous avez accordé protection, je serais peinard à me faire une branlette avec ta main gauche. C'est qui ?

— Mon collègue.

— Contrairement à toi, il n'est impressionné que par ma grandeur. Garde-le près de toi, on ne sait jamais, dit-il avec un sourire moqueur.

— On a libéré les femmes que tu as fait disparaître.

— Je sais. Il en manque une, par contre.

— Louise Leduc. C'est Théo qui l'aurait tuée, selon la version que j'ai. Mais c'est toi qui serais parti avec elle.

— J'ai beau avoir une force herculéenne, la pierre sous laquelle elle se trouve m'a donné du fil à retordre.

Un silence régna pendant lequel les yeux de l'un étaient plantés dans ceux de l'autre, sans broncher.

— Qui est Joseph Price et où est-il ?

Il n'y eut aucune réponse. Le géant, comme une manie récurrente, secoua sa tête rapidement pour que les cheveux sur son visage se placent vers l'arrière. Ça ne fonctionna que partiellement. La moitié de son visage resta recouverte de ses longs cheveux poivre et sel. Un seul œil blanchâtre resta visible.

— Toc, toc, toc.

— Qui est là ?

— Celle qui veut savoir qui est Joseph Price et où il est !

— Tu sais bien que je ne répondrai pas à cette question, te fatigue pas.

— Pourquoi l'as-tu d'abord rejeté pour ensuite en faire un

ami tellement proche, jusqu'à devenir ton complice dans cette folie que tu as déployée ?

— Parfois les contraires finissent par se croiser et s'attirer. Comme le bien et le mal, tu vois ?

— Pourquoi les sept-cent-cinquante-mille dollars chez le notaire sont une transaction dont la date reste à déterminer ?

— Tu poses trop de questions, toi. Tout n'est qu'une question de temps dans tout, alors y a rien à comprendre de ce côté.

— J'en doute.

— C'est ton boulot de douter, Catherine.

— Tout n'est qu'une question de temps dans tout, dis-tu ?

Catherine resta silencieuse. Songeuse. Elle regarda Philippe puis de nouveau Baribeau.

— Toc, toc, toc.

— Qui est là ? Celle dont je suis lasse…

— Celle qui te dit de ne pas t'inquiéter. Je te laisse tranquille bientôt. Pourquoi avoir changé de maison ?

— Simple question de commodité. La crue des eaux au printemps me posait problème pour m'y rendre, à cause de la rivière. Ma femme est même morte de faim dans le bunker parce que je n'ai pas trouvé le moyen d'y aller pendant trois semaines. Ha ! Ha ! Ha ! Elle voulait me quitter après un repas avec son père et son frère. On ne me quitte pas si facilement. Tu devrais le savoir, main du paradis. Elle a eu droit au premier bunker. Y avait aussi l'humidité dans le sous-sol où l'eau s'infiltrait. Ça devenait impossible d'y entreposer la nourriture sèche. Les bonnes femmes, ça coûte cher à nourrir, dit le géant en ricanant.

— Tu me dégoûtes, Roméo. Tu es l'être le plus abject que j'ai croisé dans ma vie. Je n'ai plus rien à te demander. Adieu.

— Tu crois vraiment que je suis échec et mat, Catherine ?

— Difficile de penser le contraire.

— Y a deux raisons pour lesquelles je suis loin de l'être.

— Vas-y ! Dis-moi lesquelles ?

— Un, je n'ai pas encore reçu ma branlette avec ta main gauche. La seconde est que je cache peut-être davantage de secrets que tu ne penses.

Elle se leva et quitta la pièce, pendant que Roméo riait de sa voix démoniaque…

Un certain sourire

De retour à la voiture, Catherine demanda à Philippe s'il avait encore la liste des tâches à faire qu'ils avaient complétée ensemble, le jour où elle avait subi une tentative d'assassinat avortée à son appartement.

— Oui, dans ma mallette, dans la voiture.

— Je peux la voir, s'il te plaît ?

— Bien sûr. Tu semblais songeuse à certains moments pendant l'entrevue avec lui, dit-il tout en se dirigeant vers son véhicule pour récupérer la liste.

— Je l'étais, oui. Je vais tout t'expliquer quand on sera

arrivés au bureau. Je veux juste vérifier un truc ou deux sur cette liste.

— Voilà !

Elle y jeta un œil pour la ixième fois.

Le soulier de Louise Leduc retrouvé dans la rivière.

Éloie Volant, suspect ? Aveux obtenus de façon douteuse.

Le violeur de la nuit, David Blanchard, qui avait échoué au polygraphe.

Plusieurs suspects dans le cas d'Élodie Duguay.

Rapport de Bertrand Pinard. Recherches sur les personnes qui savaient pour le sentier de Louise Leduc ?

Recherches d'ADN en Ontario et à Terre-Neuve pour les Jane Do, toujours selon le rapport de Bertrand Pinard.

Qui est la Jane Do numéro deux ?

Jeter un œil sur les rapports des premières fouilles de terrains.

Qu'est-il advenu de l'échantillon de peinture pris sur

le véhicule de Mia Samson ?

Vérifier le rapport de la perquisition faite chez Roméo Baribeau.

Placenta retrouvé dans le bunker. Qu'est-il advenu de l'enfant ?

Lacunes dans l'enquête de Bertrand et Allan dues à une surcharge de travail.

Le frère de May Laprise, femme de Baribeau. Dispute à cause d'un héritage qu'il juge inégal entre lui et sa sœur.

Corps démembré dans le Vermont. Est-ce en lien avec le démon ?

Meurtre de Patrick Bourgeault, il y a deux ans. Même modus operandi que Euclide Laprise, le frère de la femme de Baribeau qui est en fauteuil roulant pour le reste de ses jours.

— On a quelques vérifications importantes à faire sur cette liste aujourd'hui, mon ami. Demain matin, nous rendrons visite à Allan Nolan. Il n'en a plus pour très longtemps à ce que le commandant m'a dit. Il est aux soins palliatifs.

— Tu vas me dire ce qui te tracasse ? Je vois bien que tu

es préoccupée.

— Au bureau, petit curieux.

Une fois arrivés, Catherine annonça à Philippe qu'ils se rendraient au bureau du commandant pour une réunion d'urgence. Le commandant accueillit son équipe des affaires non résolues avec le sourire, encore enorgueilli par l'exploit des deux enquêteurs.

— Je peux fermer la porte, mon commandant ?

— Oh ! C'est du sérieux !

Catherine ferma la porte pour se retrouver seule avec son commandant et son collègue. La réunion dura une trentaine de minutes, tout au plus, et les visages étaient moins souriants en repartant. Ce qui avait été discuté était lourd de conséquences. Le reste de la journée se résuma à une série de vérifications en lien avec la liste et leur conversation durant la réunion. L'atmosphère n'était pas à la fête. Le lendemain, Catherine et Philippe se rejoignirent dans la chambre de Allan Nolan où se trouvait déjà son ancien partenaire, Bertrand Pinard. Des larmes coulaient sur les joues de ce dernier et il ne tenta pas de les cacher à l'arrivée des deux enquêteurs. Il n'avait aucun regard de feu comme la première fois que Catherine l'avait croisé dans la chambre précédente d'Allan.

Au contraire. Il salua les deux arrivants et leur adressa quelques mots avec la voix d'une personne fatiguée. Il passait la plupart de ses journées à tenir compagnie à son ancien partenaire et lieutenant, même la nuit parfois.

— Il est dans de bonnes journées. Il dort à cause de la médication. Mais vous savez comment c'est, ils ont toujours un regain d'énergie dans les derniers jours avant de cheminer vers la mort.

Le radiocassette se trouvant dans la pièce jouait un air de Michel Louvain. *Un certain sourire.* C'était cette même chanson en boucle que l'enquêtrice avait entendue lors de sa première visite. Les paroles rappelaient à Allan sa première amoureuse, selon ce que lui avait dit Bertrand. Catherine prit le temps de bien écouter la chanson pendant que le mourant dormait.

— Y a longtemps qu'il dort ?

— Oui. Il ne devrait pas tarder à s'éveiller. Il ne dort jamais plus de deux heures de suite à cause des douleurs.

— Vous le veillez sans arrêt ?

— J'aime cet homme. C'était un collègue bougonneux mais il a été mon partenaire pendant de longues années. Je suis sa seule famille, vous savez ?

— C'est tout à votre honneur.

— Félicitations à vous deux. Vous avez réussi où nous avons échoué, lui et moi. On ne parle que de ça dans les médias.

— Merci, Bertrand.

— Merci, ajouta Philippe.

Une quatrième voix se joignit à la leur.

— J'entends ce que vous dites, faites attention.

Allan s'était réveillé et regarda Bertrand.

— Je t'aime bien aussi, vieille branche. Même si tu me traites de bougon pendant que je dors. Bonjour, Catherine. Enchanté, Philippe. Je joins ma voix à celle de Bertrand pour les félicitations. Allez ! Raconte-moi, Catherine.

Elle prit une chaise pour s'asseoir près du lit. Philippe resta debout près de la porte.

— Ben, y reste quelques trucs à résoudre, mais en gros, on peut dire que l'affaire est presque réglée. Il nous manque un seul complice à débusquer. Philippe et moi avons fait quelques vérifications toute la journée d'hier, pour certains détails sur une liste que nous avions établie ensemble. Quand je repense aux événements… Vous auriez dû voir le visage de ces femmes quand nous les avons libérées de leur prison après de si longues années ! Les enfants ne semblaient pas comprendre ce qui se passait puisqu'ils ne connaissaient pas d'autre vie que celle-là. J'en ressens une grande tristesse. Mais pour en revenir à cette liste, beaucoup de points nous tracassaient, Philippe et moi. J'en ai discuté avec le commandant. D'abord, ce ne fut pas facile de constater à quel point votre enquête, à vous et votre collègue Bertrand, était parsemée de lacunes et d'interrogatoires musclés.

Bertrand pencha la tête, assumant sa honte. Allan regardait Catherine sans broncher.

— Puis, on s'est rendu compte que pour la plupart des disparitions, il y avait des suspects qui demeuraient tout près, des délinquants sexuels notoires évoluant dans le giron des disparues, des fausses pistes laissées – comme le soulier dans la rivière – et des éléments d'enquêtes défaillants. Je ne crois pas que c'était un hasard, mais des ruses pour brouiller les pistes ou orienter l'enquête sur les mauvais suspects. On a dirigé notre enquête sur le passé de celui que l'on a appelé « le démon ». On s'est vite rendu compte que ses anciens camarades du couvent étaient devenus ses complices, dont l'un est décédé, happé par un véhicule. Bizarrement de la même façon que cet accident qui n'en est pas un et qui a envoyé à vie le frère de la femme de Baribeau dans un fauteuil roulant. On a cru que Simon Laramée était le complice manquant puisque Baribeau, Bourgeault et lui étaient inséparables au couvent, mais on se trompait. L'autre complice était en fait un certain Joseph Price. On a eu un peu de difficulté à le retracer, mais Philippe et moi sommes têtus.

À ces mots, elle tourna la tête pour regarder Bertrand, puis Philippe en hochant la tête. Philippe recula d'un pas et sortit la tête de la chambre pour faire signe. Quatre secondes plus tard, deux policiers se présentèrent dans la chambre. Philippe prit la parole :

— Bertrand Pinard, je vais vous demander de nous accompagner. Vous êtes un témoin important dans plusieurs affaires d'enlèvements, de séquestrations et de meurtres. Levez-vous et suivez-nous.

— Quoi !? s'exclama Bertrand en se levant. Je ne comprends pas et si c'est une blague, je vais vous en coller une.

— On va tout vous expliquer au poste, monsieur Pinard, rétorqua Philippe en le guidant vers l'extérieur de la chambre, suivi des deux policiers.

Catherine posa à nouveau le regard sur Allan Nolan.

— En fait, pour en revenir à la liste, nous avions commencé par chercher les Joseph Price existants, ce qui était une erreur de notre part. En fait, il fallait regarder au registre des naissances et de l'état civil ceux qui, en cours de route, avaient effectué les démarches pour changer de nom. Il restait certains faits à vérifier. À l'époque, Bertrand avait rédigé des comptes rendus d'enquêtes, que j'ai consultés. Il mentionne, entre autres, que des vérifications d'ADN devaient être faites dans deux provinces pour retracer les Jane Do du dossier. Des vérifications dont on n'a aucune trace parce que ces recherches n'ont pas été menées. Également, devaient être vérifiés ceux et celles qui connaissaient l'existence du sentier pédestre où Louise a été enlevée. Ces vérifications n'ont pas été faites non plus, puisque si ça avait été le cas, le nom de Patrick Bourgeault, l'un des complices du trio des suspects Baribeau, Bourgeault et Price, serait apparu. Il était l'arpenteur qui s'est assuré des bonnes distanciations du sentier, versus la servitude au bord de la route, là même où l'enlèvement a eu lieu. Bertrand mentionne aussi, dans un autre rapport, les terrains que lui et vous aviez fouillés pour tenter de trouver les corps après l'arrestation de Baribeau. C'est quand même étrange que la première maison sur l'un de ces terrains n'ait pas été découverte. Ce sont ces points, en lien avec ces rapports, que Bertrand confirmera à Philippe au poste.

— Mais vous savez que Bertrand n'a rien à voir avec tout ça non?

— Oui, ça, nous le savons très bien. Des tests d'ADN sont en cours, sur les enfants retrouvés sur place et je suis persuadée que l'ADN de Maurice et de Théo correspond à celui de Joseph Price. Le dossier médical de ce dernier contient assurément des radiographies, sur lesquelles on peut voir les traces d'anciennes fractures du nez et du bras, en bas âge, comme sur cette photo de celui que l'on cherche avec Baribeau, Bourgeault et Laramée.

Catherine lui montra la photo noir et blanc des quatre gamins, prise au couvent et sur laquelle Joseph avait un plâtre au bras. Elle reprit :

— Joseph Price voulait tellement devenir l'ami de Baribeau ! Pour la mort du complice Bourgeault, frappé par un véhicule, ça ne peut être le démon puisqu'il était interné à l'hôpital psychiatrique. C'est forcément Price qui l'a tué. Même modus operandi que pour le beau-frère de Baribeau. C'est donc aussi Price qui a volontairement happé Euclide

Laprise. Bref, j'ai tout compris à la suite de ma visite en prison pour discuter avec Baribeau. Je lui ai posé la question à savoir pourquoi une transaction de sept-cent-cinquante-mille dollars chez le notaire était fixée à une date indéterminée. Il m'a répondu que tout n'est qu'une question de temps dans tout. Une question de temps… comme votre mort, par exemple ? Le montant exorbitant à transférer est à une date indéterminée parce que personne ne connaît la date de votre mort, Allan. Ou peut-être devrais-je vous appeler Joseph Price ? Vous avez changé de nom deux ans avant votre formation à l'école de police. Né Joseph Allan Price, vous avez retiré le prénom de Joseph et le nom de votre père, Price, pour prendre le nom de famille Nolan, qui est celui de votre mère. Baribeau est, en tant que votre meilleur ami, votre exécuteur testamentaire. Le montant en transit chez le notaire est celui des assurances laissées à vos fils Théo et Maurice pour qu'ils se la coulent douce et en toute sécurité au Costa Rica, après avoir tué tous les captifs de la seconde maison. C'est bien cela ?

Joseph « Allan Nolan » Price trouva la force d'applaudir quelques coups. Catherine reprit :

— D'ailleurs, cette chanson que vous faites jouer en

boucle n'est pas du tout pour la mémoire de votre première amoureuse, comme semble le croire Bertrand. C'est une chanson qui vous rappelle vos victimes. Surtout le moment où il est dit : *abandonnée, elle gardait ce certain sourire. Longtemps après, mon cœur a compris que jamais son cœur ne m'aimerait.*

— Vous êtes perspicace. Bravo, Catherine.

— Vous avez manipulé Bertrand pour qu'il ne fasse aucune vérification incriminante. Il n'était pas sur le terrain de la première maison pour la fouille, car vous l'avez gardé pour vous, afin d'éviter que la maison ne soit trouvée. Vous avez placé des faux indices comme le soulier dans la rivière pour semer le doute et orienter la pensée de Bertrand vers les autres suspects, comme Éloie Volant, entre autres. Mais une question demeure et me chicote l'esprit, Joseph.

— Je vous écoute.

— Pourquoi moi ? Pourquoi avoir fait relancer l'enquête en sachant que je risquais de découvrir la vérité ?

L'homme mourant regardait maintenant le plafond.

— Je vous ai dit depuis le début que je ne veux pas partir avec cela sur la conscience. Je vous l'ai mentionné depuis le départ, mais vous avez associé ces paroles à l'enquête inachevée, alors que dans les faits, je vous disais cela en pensant à moi et au fait que j'allais mourir. Voilà tout. Maintenant, laissez-moi, je vous prie. Je veux me préparer à cette mort qui m'attend. On dit que lorsqu'on meurt, on revoit les gens qui sont décédés avant nous. Comme je m'en vais direct en enfer, j'espère bien rencontrer mes vrais parents qui m'ont lâchement abandonné dans ce couvent de merde à ma naissance.

Il la regarda de nouveau, les larmes aux yeux. Il eut une dernière parole pour elle :

— Allez, main du paradis ! Comme le dit si bien mon ami Roméo, va en paix.

Fin

Louise Leduc

Une excavatrice soulevait tous les rochers d'une certaine taille aux alentours de la maison de l'horreur, là où ces femmes avaient tant souffert. Roméo avait spécifié qu'il avait placé la dépouille de Louise Leduc sous un rocher. Dans les faits, sept corps avaient été retrouvés jusqu'à maintenant. Tous des nouveaux-nés. Des filles. Il était hors de question, dans les paroles de Maurice lors d'un second interrogatoire ayant eu lieu trois jours avant, que des filles artisanes du mal soient élevées parmi le groupe. Quand une fille naissait, c'était la mort comme seul châtiment possible, dans la tête de

Baribeau. À la fin de la journée, l'un des corps découverts sous un rocher de bonne taille était celui d'une adulte.

— Catherine ! dit un policier sur le radio-émetteur. Si tu veux venir voir. On a un autre corps. Un adulte cette fois, qui porte des vêtements de femme.

Catherine, qui aurait préféré ne jamais revenir en ce lieu maudit, s'approcha du trou. Un squelette s'y trouvait. Un bout de plastique dépassait de la robe, déchirée et décolorée par les ans. Catherine souleva le tissu pour découvrir une enveloppe dans un sac hermétique identique à un sac à sandwich. Elle ouvrit le sac. L'enveloppe, non collée, était restée intacte. Elle l'ouvrit en sachant qu'à l'intérieur, se trouvait une lettre écrite de la main de cette victime. Louise Leduc. La lettre que Roméo faisait écrire aux femmes séquestrées en leur disant de se préparer, car elles mourraient bientôt et qu'il remettrait la lettre à qui de droit. Elle la déplia délicatement…

Ma chère Sandra !

Je sais que ce sera cliché pour l'artiste que tu es, mais si tu lis cette lettre, c'est que je n'ai pas survécu à ce terrible cauchemar. Je ne compte plus les jours depuis mon enlèvement, tellement ça me paraît lointain. Mais sache que ton image, dans ma mémoire en détresse, est pour moi la raison même de l'espoir que je garde de sortir d'ici un jour. L'espoir de quitter ce lieu maudit. J'aurais dû t'écouter, travailler moins et passer plus de temps avec toi. Toi, ma bien-aimée. Je t'aime tant. Te souviens-tu de notre rencontre à l'une de tes expositions ? J'y repense tous les jours. Nos souvenirs me tiennent en vie. Voilà ! Je quitte cet écrit en espérant que je n'aurai qu'à le brûler une fois que je serai libérée de mes bourreaux plutôt que d'imaginer ta merveilleuse personne en faire la lecture parce que je n'aurai finalement pas retrouvé ladite liberté, que je ne cesse d'espérer.

Je t'aime, ma belle amour, ma belle artiste.

Ta Louise xxx

Le lendemain, Catherine frappa ironiquement trois fois sur la porte de bois, sans faire le lien pour autant. La femme lui répondit. Elle reconnut Catherine et recula légèrement sa chaise roulante, son seul moyen de déplacement depuis son agression par Éloie Volant. Elle porta les mains à son visage. Catherine regarda d'abord les tableaux qu'elle avait peints et qui représentaient le visage de Louise Leduc. Ensuite, de nouveau elle regarda la femme.

— On a retrouvé Louise.

Ayant appris aux nouvelles la découverte de femmes encore vivantes de longues années après leur enlèvement, mais sans avoir de noms mentionnés et révélés dans les médias, le visage de Sandra s'illumina. Ses yeux s'agrandirent. Mais ensuite, elle vit la moue sur le visage de Catherine qui lui fit un signe négatif de la tête. La femme handicapée éclata en sanglots, en portant les mains à son visage. Catherine déposa la lettre sur la table basse à l'entrée pour aller consoler l'artiste et amoureuse de Louise.

Du même auteur

Roman :
Les 35 doigts d'un démon, le commencement (2020)

Romans de la série « Le maître des énigmes » :
Le maître des énigmes (2017)
Dites-leur que je vais tuer (2018)
Vivre pour tuer (2020)

Roman :
Trilogie intégrale du Maître des énigmes (2020)

Roman :
Un funeste récit (2020)

Livre-jeu :
Infos 24/7 édition spéciale (2019)

Recueil de nouvelles :
Projet 666 (2019)

Disponibles sur :
Amazon.ca
Amazon.fr
Amazon.com
Kobo

Remerciements

Groupes :

Les lecteurs de romans Noir/Horreur/Policier

Administratrices, administrateurs. Vous faites un travail formidable. Ce groupe devient un incontournable pour les lecteurs, lectrices, auteurs et auteures. Merci pour tout. Je vous adore.

Les mordus de thrillers

Là où tout a commencé pour moi. Fin 2017, une folle aventure m'y attendait. Elle se poursuit depuis. Administratrice, modératrices et modérateur, un grand merci. Jamais je n'oublierai. *Love.*

Correctrices :

Nadia Plante. Ma belle amour, ma petite fleur, qui pose le premier regard malgré ses occupations quotidiennes et son travail. Merci. Je t'aime.

Corinne Del Fabbro. Indispensable collaboratrice depuis longtemps déjà. Merci. Tes connaissances de la langue française et de la langue québécoise sont un atout inestimable pour moi. À bientôt.

Laurence Coulon. Plusieurs collaborations déjà. Ton aide m'est précieuse. Un grand merci. On se retrouve bientôt.

Bêta-lecture :

Canada :

Edith Gagné. Un grand merci pour ta lecture et tes commentaires. À très bientôt.

Europe :

Annie et Floriane Soyer. Nathalie Millet et Corinne Bertrand. Quel bonheur de vous retrouver à chaque fois. Merci pour les nombreuses collaborations. À bientôt.

Collaboration spéciale :

Karine Villeneuve, merci pour le poème de Roméo Baribeau. C'est très apprécié.

Mention spéciale :

Lectrices et lecteurs de partout. Du Québec et de l'Europe. Merci infiniment. Grâce à vous, ma vie d'auteur, d'écrivain, se poursuit. Je vous serai reconnaissant à tout jamais.

Manufactured by Amazon.ca
Bolton, ON